VAN DEN BERG STORT IN!!

Van Marjan van den Berg verscheen eerder:

Ze is de vioolmuziek vergeten
Sanne
Uit het leven van Sanne
Dag Sanne
Sanne Sanne
Alleen Sanne
Gewoon Sanne
Gelukkig Sanne
Zo Sanne

MARJAN VAN DEN BERG

met illustraties van Gerrit de Jager

MISTRAL
uitgevers

Eerste druk mei 2008
Tweede druk juni 2008
Derde druk juli 2008
Vierde druk juli 2008

Omslagillustratie: Gerrit de Jager
Omslagontwerp: Sander Verheijen
Auteursfoto: Stefan Heijdendael
Typografie en zetwerk: CeevanWee, Amsterdam

www.mistraluitgevers.nl
www.fmbuitgevers.nl
www.marjanvandenberg.nl

ISBN 978 90 499 5079 8
NUR 320

Mistral uitgevers is een imprint van Foreign Media Books bv,
onderdeel van Foreign Media Group

KLAP

Soms sla ik een leerling. In het voorbijgaan maai ik met mijn hand over een hoofd. Het zijn altijd jongens en ze voelen vaak niet meer dan een windvlaag door hun met wax geboetseerde kapsels. Een heel enkele keer mik ik per ongeluk raak. Dan lachen ze nog harder dan wanneer ik missla. In een tijd dat je strafbaar dreigt te worden als je je eigen kroost een corrigerend tikje op hun vingers geeft, kan ik beter stoppen met die malle gewoonte. Maar het zit diep geworteld. Heel diep.

De interne inspectie waart rond om ons voor te bereiden op het allerhoogste bezoek: de schoolinspectie.

'Ze komen het derde uur bij mij,' zegt juf Engels schor van de zenuwen. 'Dan heb ik die lastige tweede klas. Daarna komen ze bij jou.' Ik sta een tekstonderdeel uit te leggen als de delegatie mijn lokaal binnen komt. Twee mannen en een vrouw gaan achter in mijn lokaal zitten. Ik moet even slikken, maar ga dapper door alsof er niets aan de hand is. De klas vergeet de bezoekers al gauw en gaat aan het werk.

'Als het af is, kijk ik het voor je na, maar ik wil niet meer dan drie mensen aan mijn bureau,' waarschuw ik. Al gauw ben ik me ook niet meer bewust van het bezoek. Achter mijn bureautje voer ik de regie.

'Kijk, hier ga je de mist in. Lees die vraag nog eens door. Juist! Dat staat er. Ga je dat nog even overdoen?' En ondertussen in de richting van de klas: 'Charlotte, werk je door? Ik kom straks kijken waar je bent en wee je gebeente... Waarom doe jij niks, Melanie? Leen dan een pen! Kom op, jongens, doorwerken. Dan heb je geen huiswerk en je hebt thuis vast wel iets leukers te doen!' Onderwijl is Stefano naast me komen staan. Hij heeft vreselijk zitten knoeien en ik wijs met mijn pen: 'Kijk, dat klopt niet. Je moet hier een zin citeren. Lees eens met me mee...' Hij kijkt helemaal niet naar zijn werk. Hij staat gebaren te maken naar een klasgenootje achter in de klas. En dan gebeurt het. Ik verval in mijn oude gewoonte, haal uit en geef hem een veeg over zijn bol met de woorden: 'Let je wel op?' Het is vandaag die heel enkele keer. Ik raak hem en hij staat daardoor meteen in de juiste houding: aandachtig over zijn werk gebogen. Hij grijnst: 'Ja, nu wel!' De klas giebelt en het vriendje met wie hij net nog geintjes maakte, zit over zijn werk gebogen om aan mijn preek te ontkomen. Hij hoeft niet bang te zijn. Hij hoeft helemaal niet bang te zijn. Want als ik in zijn richting kijk, zie ik ze ineens weer. De drie inspecteurs. Naast elkaar op een rijtje, een notitieblok op hun knieën. Ik voel hoe het bloed naar mijn wangen stijgt en geef Stefano van schrik zoveel aanwijzingen dat hij aanbiedt om alle vragen maar opnieuw te maken.

Aan het eind van de dag ontmoet ik een van de inspecteurs. Hij geeft me lachend een hand en zegt: 'Buitengewoon ontspannen manier van lesgeven. We hebben genoten.'

ERFELIJK

De directeur schuift me een papier toe. Daarop staat vermeld dat ik een nieuwe leerling in mijn mentorklas krijg. Naam: Nico. Van zijn vorige school weggepest ondanks een weerbaarheidscursus.

'Dat mag hier dus absoluut niet gebeuren,' gebiedt de directeur. Ik heb mijn mentorgroep twee keer in de week en omdat ze volgend jaar examen moeten doen in Nederlands, is het naast alle begeleiding ook nog zaak dat ik ze daarop voorbereid. Maar ik beloof mijn best te doen.

De eerste keer dat ik Nico binnen zie komen, krijg ik meteen rimpels. Hij kijkt vol ingehouden woede om zich heen, gaat vlak voor mijn neus zitten en zegt tegen me: 'Ze pesten me nu al.'

'Dag Nico. Even de absenten noteren en de les beginnen.'

'Ze pesten me,' dringt Nico aan.

'Straks.' Ik vertel dat iedereen een boek, schrift en pen moet pakken en help ze herinneren waar ze verder moeten werken. Nico heeft een map met blaadjes en een etui vol pennen. Hij heeft de zaken duidelijk op een rijtje. Maar gelukkig wordt hij daar niet van en delen is ook niet zijn sterkste kant.

'Mag ik een blaadje, Nico?' bedelt Mustafa, die de boel nooit in orde heeft.

'Nee,' snauwt Nico.

'Fijn dat je meteen vrienden maakt,' fluister ik hem toe als Mustafa verpletterd afdruipt.

'Ze willen alleen maar misbruik van je maken,' sist Nico kwaadaardig terug.

Ik besluit de beste truc toe te passen die ik ken op het gebied van groepschemie. Ik deel ze op in groepjes en zet Nico bij de grootste druktemakers onder aanvoering van Mustafa. Hij slentert er walgend naartoe. Als er een hoop kabaal uit de groep opstijgt, begin ik een scheldkanonnade op Nico. Meestal werkt het. Hij is meteen niet meer het braafste jochie van de klas en dat is doorgaans heel goed voor je imago. De klas is er stil van. Nico? Hè? Behalve ADHD heeft zijn groepje ook heel veel rechtvaardigheidsgevoel.

'Nico deed niks, mevrouw,' zegt Mustafa grootmoedig.

'Klootzak, hou je bek,' zegt Nico tegen hem. Onze monden vallen open van verbazing. Die is wel heel onredelijk doorgeslagen na zijn weerbaarheidscursus!

'Ik kom alleen maar voor je op, lul,' antwoordt Mustafa gepikeerd.

Ik dreig met groene zeep vanwege het taalgebruik, ontbiedt Nico nogmaals, maar nu ten overstaan van de hele klas, en ga door met de les. Na afloop hebben we een verhelderend gesprek. Nico legt het me helemaal uit. Gepest worden is zijn noodlot. En het is erfelijk, want zijn vader en zijn moeder werden vroeger ook gepest en zijn broer en zusje ook. Daar is niets aan te doen. 'Nooit gedacht dat het zou kunnen komen door je eigen gedrag?' informeer ik. Daar moet hij smalend om lachen. Hoe kom ik daarbij!

'Blijf dan maar apart zitten,' bied ik Nico aan. Hij knikt en zucht. Dan vraagt hij verongelijkt: 'Krijgt Mustafa nog straf? Want die heeft "lul" tegen mij gezegd.' Ik kan me niet bedwingen en bijt hem toe: 'Als je niet binnen drie tellen mijn lokaal uit bent, zal ik je eens pesten. Eén, twee, drie...' Hij rent. Ik ben benieuwd wanneer zijn ouders me bellen.

FUCKING

Ik wandel naar het Rijksmuseum. Daar wacht me een uitje in het kader van ckv. Ckv staat voor cultureel kunstzinnige vorming. Een verplicht vak om scholieren in aanraking te brengen met vormen van kunst. Een ijverige minister heeft ooit bedacht dat kinderen in hun latere leven theaters en musea zouden gaan bezoeken als de drempel alvast is weggehaald. Nobel idee. Maar ik zit, sta of loop daardoor wel regelmatig op plekken waar je met gezond verstand een derde klas van het vmbo niet in groepsverband zou loslaten. Ze deinen met geheven aansteker mee in het monumentale Concertgebouw, ze steken een sigaret op in de gang van Carré en ze plakken hun uitgekauwde kauwgum onder de pluchen bekleding. Je moet ogen van voren en van achteren hebben. Nu gaan we met ze naar een museum. Dat is, ook alweer in opdracht van de minister, een individuele opdracht. We mogen ze dus niet rondleiden. Ik loop nu al te zweten. We loodsen drie klassen het immense museum in op zoek naar dat ene kunstwerk waar ze iets bijzonders in zien. Daar moeten ze een werkstuk over maken. Juf ckv heeft een enorme opdracht in elkaar geflanst en je zou denken dat ze daar een tijdje zoet mee zijn.

'Laten we hier maar even wachten,' stelt ze voor. Ik knik. We kennen het klappen van de zweep. Tien minuten later staan Dennis en Michael weer bij de uitgang.

'We kunnen niks vinden,' zegt Dennis.

'Dan ga je maar beter zoeken,' zegt juf ckv.

'Er is niks bij! We hebben alle zalen gehad!' roept Michael verontwaardigd.

'En we willen roken,' smeekt Dennis. Hij kijkt vol verlangen naar buiten. We sturen ze retour en schudden onze wijze hoofden.

'Ik ga de hoekjes even na,' meldt juf ckv. Ze kent ze, de hoekjes. Het zijn de plekken in een museum waar geen kunst hangt en waar je kunt rondhangen tot het tijd is weer naar buiten te gaan. Ze veegt ze leeg en stuurt iedereen richting cultuur. Daarna bewaken we samen weer de uitgang.

Tot er een suppoost op ons afkomt en vraagt: 'Bent u de verantwoordelijke leerkracht van die-en-die-school? Mooi. We sturen u en de kinderen naar buiten. Er is een vechtpartij geweest en u bent niet langer welkom.' Ik bevries en ik zie juf ckv naast me een paar centimeter krimpen. Vijf minuten later staan we buiten met zeventig verontwaardigde kinderen om ons heen. Ze waren uitgescholden door Engelse schoolkinderen en dat verstaan ze heus wel! Dus hadden ze wat rapteksten teruggeschreeuwd, waarna het tot een handgemeen kwam. Waar? Ja, het was wel dicht bij die schilderijen geweest. Van die grote donkere, ja. Maar oneerlijk! Die fucking Engelsen waren begonnen!

Ik ontdooi een beetje. Tranen in mijn ogen.

'Huilt u nou?' vraagt Michael verbaasd.

'Joh, ik ben nog nooit ergens uit gegooid,' fluister ik beduusd.

'Nou, dat went wel, hoor,' lacht hij bemoedigend, en ik krijg een joviale klap op mijn rug.

'En dan een museum,' zeg ik schor.

'Ja, jammer,' zegt Dennis. Hij neemt een forse haal van zijn sigaret. 'Gelukkig hadden we het al helemaal gezien.'

SCHOENEN

'Wat een ellende, hè,' knik ik naar economieleraar. 'Echt afzien,' geniet hij terug. We schaatsen rond op de Jaap Eedenbaan. Het is de laatste schooldag van het jaar. De dag begon met een kerstontbijt en daarna vertrokken we met de onderbouw naar de ijsbaan. Het is bijna 15 graden en de zon schijnt.

'Stoer, juf,' prijst Mitch mijn blote voeten in mijn noren. Ach ja, ik stam uit de tijd dat het 's winters nog vroor. Ik leerde schaatsen op doorlopertjes en kreeg daarna kunstschaatsen, vanwege het succes van Sjoukje Dijkstra. Maar zo gauw je besefte dat je daar geen meter op vooruitkwam, stond je weer op noren. De stadse kinderen om me heen krabbelen op gehuurde ijshockeyschaatsen. De meesten hebben nog nooit op het ijs gestaan, maar omdat ze wel kunnen rollerskaten, rijden ze al snel een rondje. De talentlozen hangen over de rand van de baan en leveren commentaar.

Juf Engels trekt haar mentorgroep in een lange sliert over het ijs.

'Een nare dag,' straalt ze.

Mijn wangen gloeien van de zon. Mijn voeten gloeien ook.

'Juf, zou ik een keertje op uw schaatsen mogen?' vraagt Mitch. Hij komt precies op tijd. Ik kijk opgelucht toe hoe Mitch de schaatsen aantrekt en meteen de volgorde regelt van alle vriendjes die willen proberen.

Aan het eind van de dag zwaaien we de kinderen uit en gaan

met de collega's naar het terras. Daar wacht chocolademelk en glühwein.

'Alle kinderen weg?' informeert aardrijkskundeleraar voor de zekerheid. Nee. Daar is Stephan. Hij staat onbeweeglijk naast de baan te huilen.

'Schoenen kwijt,' brult hij als we informeren. We krijgen een beschrijving.

'Ga dan zoeken,' maant geschiedenisleraar. Stephan schudt zijn hoofd. Hij kan niet zoeken. Zijn moeder zegt ook dat hij niet kan zoeken. Hij huilt altijd tot hij zijn zin krijgt. Dus kijkt hij naar ons. Waarom staan we daar nog? Waarom gaan wij niet zoeken? Of is de school verzekerd voor gestolen schoenen?

Geschiedenisleraar ontploft. Hoe oud is Stephan? Veertien? Veertien! Slappe hap. Zoeken, vent! Stephan zegt verontwaardigd dat hij dan wel op zijn sokken naar huis gaat. Zijn moeder zal wel bellen.

Dat vinden wij best. We wuiven hem na en zakken af naar de chocolademelk. Tot Stephans moeder belt op de mobiel van gymleraar. Stephan komt terug, want ze accepteert geen kind op sokken.

'Gaat hij zijn schoenen zoeken?' informeert gymleraar droogjes. Wij smoren een lachbui.

'Ik reken op uw medewerking,' zegt moeder zuur, en ze hangt meteen op. We kijken elkaar aan en komen woordloos tot een overeenkomst. Niemand van ons heeft aan het eind van het jaar nog zin om Stephan op te voeden tot verantwoordelijkheid voor zijn eigen schoenen. En moeders opvoeden is helemaal een ondankbare taak. We rennen. Binnen vijf minuten hebben we ze gevonden. We binden ze aan de veters aan de buitenkant van het hek en de kassamevrouw belooft dat ze ervoor zal zorgen dat niemand anders dan Stephan ze eraf haalt. Hè hè. 'Onderwijs is echt zwaar,' verzucht ik met mijn gezicht in het zonnetje. 'Je mag twee weken uitrusten,' belooft gymleraar.

DROP-OUT

'Terence, tja, de meeste cijfers ontbreken. Spijbelgedrag. De leerplichtambtenaar zit er al achteraan. Blowt hij veel, denk je?' De directeur kijkt naar mij. Ik ben de mentor van Terence en mag vertellen wat ik nog meer weet. Hoe nuttig alle achtergrondinformatie ook is, het helpt niet erg voor zijn cijfers.

'Terence is in de tweede klas blijven zitten,' voeg ik toe.

'Leeftijd?' Het is de geijkte vraag.

'Bijna zestien.' De directeur knikt. Mooi. Dan kan Terence straks naar het mbo. Want daar is een vangnet voor ieder kind dat uit het vmbo dreigt te vallen zonder diploma. En een diploma haalt Terence bij ons nooit, als hij zo doorgaat. Dat vangnet zit vol gaten, trouwens. De schooluitval in niveau 1 is enorm. Die uitvallers zullen hun verdere leven nooit meer een schooldiploma halen.

'Dus jij komt naar de ouderavond. Met pa of ma of opvoeder. En je komt zelf mee, want ik ben met je ouders natuurlijk zo uitgepraat. Wij zijn het wel eens. Het gaat erom dat we jou daarna van twee kanten tegelijk je oren gaan wassen,' beloof ik Terence bij het bespreken van de rapporten. Zijn klasgenoten grijnzen.

'Je moet eens ophouden met dat spijbelen, man,' voegt Sandro hem toe. Terence zakt nog verder onderuit en kijkt ongelukkig. Je ziet hem denken: 'Was ik vandaag ook maar weggebleven.'

Maar op de ouderavond is hij er. Met z'n mam. Die vertelt. Over het havo-advies en het mooie eerste rapport in de brugklas.

'Toen is zijn vader weggegaan,' zegt ze. Zijn cijfers holden zo achteruit dat hij niet over kon. Hij begon aan de tweede klas van het vmbo-t, wat vroeger de mavo was. Het mislukte. Hij deed de tweede klas over op onze school en werd daarna bevorderd naar de derde klas basisniveau. Daar zit hij nu. Af en toe.

'Als je blijft zitten, moet je van school. Dat weet je toch?' vraag ik hem. Hij knikt. 'Dan zit m'n verblijfsduur erop,' zegt hij. Correct uitgedrukt. Van de minister mag je één jaar langer over een opleiding doen dan ervoor staat. De idiootste maatregel die ooit is genomen. Kinderen kunnen juist in de puberteit om diverse redenen een jaar verknoeien. Het gevolg is meestal verwijzing naar een lagere vorm van onderwijs. Daardoor verliezen ze interesse. Zo ook Terence. School is ver beneden zijn niveau. Hij wordt niet uitgedaagd en kan zich er niet concentreren.

Moeder is wanhopig. Dat kind kon havo en dreigt nu een drop-out te worden. 'Ik kan hem moeilijk aan z'n handje meenemen,' zegt ze. 'U hoeft geen diploma meer te halen,' zeg ik. 'Terence moet het zelf gaan doen.' We praten. Terence knikt. Af en toe werpt hij een verlangende blik op de deur. Mag ik weg?!

'Als hij nu gewoon in de eerste van de havo was blijven zitten, dan was het vast heel anders gelopen,' verzucht moeder. Ik denk dat ze gelijk heeft. In het oude onderwijssysteem was Terence gewoon op de havo gebleven. Ik zou het leuk vinden om eens een lijstje te zien van alle mensen die twee keer zijn blijven zitten. Volgens mij zitten daar heel wat beroemde namen tussen.

KUSSEN

Het laatste uur; buiten is alles donker, de regen slaat tegen de ruiten. De hele dag al zitten ze in een bankje. Wiskunde, Engels, economie, de ene na de andere leerkracht die ze vertelt dat ze moeten opletten en dat zijn vak zo belangrijk is. Nu hebben ze ook nog Nederlands. Terwijl de rest van Nederland op zijn minst thuis op de bank zit met een bak chips en een beker chocolademelk. De onwil straalt me uit achtenveertig ogen tegemoet.

'Vandaag oefenen we met de kijk/luistertoets, volgende week voor een cijfer,' vertel ik opgewekt, terwijl ik rondloop en de boekjes met opgaven uitdeel. De televisiekast staat klaar, de videoband zit erin, niets kan meer mis gaan. Ze kreunen gepast.

'Het is om te oefenen. De echte test hebben we het derde uur. Dan zijn jullie niet zo moe,' prijs ik aan. Het is een slappe poging om de allesbegrijpende juf uit te hangen en dat hebben ze heus wel door.

'En u ook niet,' moppert Daan.

De videoband loopt. Ze kijken. Ook Elise voor me lijkt verdiept in het verhaal. Tot haar hand begint te schokken. Ze kijkt er even naar, alsof het haar hand niet is. Dan kijkt ze naar mij.

'Dit gaat mis,' mompelt ze. Het klinkt alsof haar tong dik is.

'Krijg je een aanval?' vraag ik kalm. Ze knikt. Ook haar lijf schudt nu en haar ogen draaien vreemd weg. Ik sta op, ga naast haar staan en vraag: 'Wat kan ik doen?' 'Ik val,' stelt Elise vast. Ik besluit in een seconde. Als ze valt, moet ze zacht vallen. Dus op mij. Een beter kussen kan ik op dat moment niet bedenken. Ik grijp haar vast, ga naast haar stoel zitten en trek. Onderwijl regel ik dat de meiden achter haar ruimte maken.

'En die video uit, jongens!' Het geluid valt weg. Iemand trekt het gordijn open om wat meer licht te maken en Elise landt op mij. Ze krijgt alle ruimte zodat ze zichzelf niet kan bezeren en ik blijf tegen haar praten. Een klasgenoot gaat hulp halen, de rest wacht fluisterend af. Als Elise weer rustig is, zeg ik: 'Jongens, jullie mogen weg. Hartstikke bedankt voor jullie gedrag. Daar ben ik echt blij mee.' Ze lopen op hun tenen, sommigen aaien Elise even over haar arm en haar rug en zeggen: 'Hou je taai, hè?' Een paar blijven achter om de opgavenboekjes op te ruimen, terwijl ik daar niet eens om heb gevraagd.

Elise zit alweer rechtop. Ze huilt tussen slokjes water door. Een hele periode aanvalsvrij en nu... Dikke tranen. Onmacht, schaamte en woede. De laatste leerlingen vegen het bord schoon en wachten met mij en Elise op haar ouders. 'Goed dat u precies wist wat u moest doen,' prijzen ze mij. Mijn handen trillen een beetje als ik beken: 'Jongens, ik had geen idee. Ik dacht: kalm blijven en voor kussen spelen.' Dan lacht Elise. Hèhè. Kan ik eindelijk meelachen en mijn schriktranen wegduwen.

AUTORADIO

'Er is iets met je auto. Loop even mee.' Conciërge staat in m'n deur. Hij kijkt niet vrolijk.

'En m'n klas?' Ik kijk naar de lieverdjes tegenover me, die het lokaal af zullen breken zo gauw ik m'n hielen licht.

'Als de bel gaat, mogen ze weg. Dat controleer ik,' zegt conciërge. Hij kijkt dreigend naar de kindertjes. Die zijn diep onder de indruk. Conciërge regelt strafvegen rond de school en andere akelige terugkomklussen, dus ze nemen zich voor die vijf minuten maar rustig hun tas in te pakken en niet te bewegen. Ik loop mee. Van een afstandje zie ik het al. De auto is omringd door schoolkinderen, die meteen roepen: 'Dat hebben wij niet gedaan, hoor mevrouw!'

Het portierraam is aan diggelen geslagen, het handschoenenvak staat open en het frontje van m'n autoradio is eraf gerukt. Het binnenwerk hangt er half uit.

'Zat dat frontje er nog op?' vraagt conciërge streng. Ik knik. Ik weet het. Hier staat een lesje. Zo moet u uw auto achterlaten in deze stad: frontje eraf en handschoenenvak open. U bent een sufferd.

Ik krijg een troostende hand op m'n arm en nog één.

'Niet huilen hè?' zegt Dennis. En zijn vriendje Kenny herhaalt nog maar eens: 'Dat hebben wij niet gedaan, hoor mevrouw. Dat moet u niet denken.' Ik verman me en zeg: 'Jongens, als ik ook maar een moment zou denken dat een van jullie dat gedaan had, dan kwam ik hier nooit meer.' We maken de auto open, vinden het stukgetrokken frontje terug onder de stoel en halen de stofzuiger om zoveel mogelijk glassplinters te verwijderen, zodat ik naar de glasservice kan rijden zonder m'n broek open te halen. Een telefoontje naar de politie leert dat ik teruggebeld zal worden om aangifte te doen. 'Uw 06-nummer is prima, mevrouw. Nee, het maakt niet uit dat u morgen in België bent,' zegt een vriendelijke politiebeambte.

Ik krijg van conciërge een kopje koffie en zeg: 'Ik ga m'n tas halen. Die staat nog in m'n lokaal.'

'Je boekentas,' begrijpt conciërge.

'En m'n handtas,' knik ik.

'Met portemonnee?' Ja, natuurlijk. Ik ben niet helemaal naïef. Heus niet. Ik klap m'n centrale vergrendeling erop, zo gauw ik de stad in rij. Met reden: ooit werd aan m'n portier gerukt door een groep rotjochies en toen die deur op slot bleek, bekrasten ze m'n auto van voor naar achteren. Ik heb toen met m'n tas onder m'n arm heel onwelvoeglijke taal staan schreeuwen midden op het zebrapad en de taxichauffeur die achter me begon te toeteren toonde ik demonstratief m'n middelvinger. Dat ik als keurige dame net naar de hoedenwinkel was geweest om m'n hoed op te halen voor een bruiloft, maakte de hele vertoning extra mal. Ik ben dus heus wel op m'n hoede. Maar m'n leerlingen vertrouw ik.

'Ze zitten heus niet in m'n tas. Zoiets doen ze gewoon niet,' verzeker ik achterdochtige conciërge.

De volgende dag vraagt Kenny: 'Autoradio kopen, mevrouw? Ik kan wel wat voor u regelen, hoor.'

SUNLIGHT

Als ik voor school parkeer, zie ik tot mijn verbazing dat onze conciërge het bordes staat te vegen.

'Geen strafklantjes?' vraag ik. Hij zucht. 'Die inspectie komt om tien uur en het moet nu schoon van de baas. Straks is het pauze. Dan ligt het weer vol met peuken. Ik heb het gezegd, maar ze luisteren niet. Iedereen is gek geworden.' Hij schudt moedeloos zijn hoofd.

In de hal stampvoet kookleraar.

'Een cateraar voor de lunch? Meen je dat nou?' Leraar serveren knikt. Woest zijn ze. Het hoofdbestuur heeft luxe broodjes besteld, terwijl onze vmbo-school afdelingen heeft voor koken/serveren en brood/banket. In ons restaurant kunnen gasten van buiten lunchen en één keer per week is er een luxe diner, dat altijd is volgeboekt.

'Wil je het nog gekker hebben?' vragen ze verontwaardigd. Op de administratie is het een gekkenhuis, want er zijn gegevens zoek. Er staat een kluitje mensen verhit naar de computer te staren. Iedereen is uit zijn doen en de leerkrachten worden er recalcitrant van.

'Ik accepteer geen delegatie van zes man. Daar heb ik geen plaats voor,' snauwt geschiedenis.

'Ik wil helemaal niemand zien. We hebben ook al die voorinspectie gehad,' moppert economie.

'Morgen is alles toch weer gewoon, hè? Ik vind dit niks,' zeur ik. Wat een snertdag. Er lopen constant driedelige pakken over de gang en er is een mevrouw in een roodleren jasje die de echte inspectrice blijkt te zijn. Vanwege dat geloop hou ik tijdens de les mijn deur dicht en maak ik geen uitstapje naar mijn buurvrouw Engels. Die klaagt in de pauze dat ze dat bar ongezellig vindt.

Na de pauze heb ik een vierde klas. Ik noteer absenten en roep dat ze niet hoeven te twijfelen: dit is geen gym. Dit is Nederlands. Dus, pak je boek, je map, je pen. Kom op! Voordat ik kan beginnen, zegt Melanie: 'Hoe deden ze dat nou in de middeleeuwen met maandverband? Weet u dat? Daar hadden we het in de pauze over.' De meiden om haar heen knikken. Voor ik er erg in heb, ben ik verwikkeld in een verhandeling over maandverband. Ik vertel uit mijn jeugd, de katoenen verbandjes die je in een emmer deed. Daarna ging de emmer op het gasfornuis en werd de inhoud gekookt. Met Sunlight-zeep. En dat spreek je niet op z'n Engels uit. Oma vertelt. Het zijn wel niet echt de middeleeuwen, maar toch! Ze hangen aan mijn lippen en griezelen als ik vertel over het eerste wegwerpverband; een slordige pluk watten in een soort netje.

De deur gaat open. Met een vaag knikje zeilt de inspectrice naar een bankje achterin. Ze gaat zitten en kijkt me aan. Hoe red ik me hieruit? Ik hoor haar al vragen: 'Staat dat op uw lesprogramma?' Verward kijk ik de meiden aan en zeg: 'Ik ben even de draad kwijt. Waar was ik ook alweer?' Ze voelen het perfect aan. Melanie antwoordt braaf en duidelijk: 'U was bezig met de indeling van de zakelijke brief, mevrouw Van den Berg.'

GAAT U MAAR DOOR, MEVROUW
DOET U MAAR NET
OF WIJ ER NIET ZIJN

RUGZAKJE

Het studiehuis moet op de schop. Maria van der Hoeven, onze onderwijsminister, heeft door dat deze onderwijsvernieuwing geen verbetering inhoudt. Goed zo. Ik had het u al veel eerder kunnen vertellen en velen in onderwijsland met mij. We zijn blij dat u het doorhebt. Want wat wil dat studiehuis namelijk? Dat kinderen zelfstandig aan de slag gaan. Leraren worden begeleiders en wegwijzers. Leerlingen worden zo nieuwsgierig gemaakt dat ze zelfstandig op speurtocht gaan naar kennis en wijsheid... Tja, dat verzin je toch alleen als je nog in sprookjes gelooft? Ik heb de Heer op m'n blote knieën gedankt dat ik op een heel ouderwetse hbs heb gezeten. Als ik dat diploma zonder dwang en zonder klassikaal onderwijs had moeten halen, lag ik nu in de goot. De meeste pubers zijn niet geïnteresseerd in schoolkennis. Het gros is geïnteresseerd in seks, drugs, feesten, geld, kledingmerken, iPods, mobieltjes, bling, muziek, msn en sms. De enkeling die wel spontaan dieper in de Griekse filosofen duikt, is de uitzondering die mijn regel bevestigt.

Maar als de minister plannen gaat terugdraaien, wil ik haar graag gelijk wijzen op het vmbo. Dat deugt ook van geen kanten. Als Maria van der Hoeven meteen alle missers van mevrouw Tineke Netelenbos herstelt, heeft ze er een fan bij. Mij. Want die Netelenbos heeft heel wat aangericht. Hopla, het hele beroepsonderwijs en de mavoscholen bij elkaar geveegd! Oeps! Pas na het vegen merken dat ze een groepje had vergeten! Niet onbelangrijk overigens, dat groepje. Want dat waren de leerlingen die voorheen individueel onderwijs genoten. Tja, die stuiteren nu door een klas van 24 kinderen, met een rugzakje. Want dat heeft de minister destijds gauw als lapmiddel bedacht: een rugzakje met een budget voor extra hulp. In de praktijk betekent dat rugzakje dat Riccardo remedial hulp voor wiskunde krijgt, terwijl de rest van zijn klas Nederlands heeft. Dat Riccardo aan het eind van het jaar achter is met Nederlands is logisch. En met wiskunde trouwens ook, want dan loopt hij bij een speciale begeleiding voor kinderen met concentratieproblemen. En dan heb ik het maar niet over alle kinderen die onder lestijd een spijbelproject moeten volgen, of kinderen die onder schooltijd aan de slag moeten voor bureau Halt. Waar zouden al die voortijdige schoolverlaters die nooit een diploma halen nu toch vandaan komen? Wie het weet mag het zeggen.

Zullen we nu al die onzinnige plannen terugdraaien? Zullen we kleine scholen oprichten waar je met zorg en aandacht les krijgt van mensen die van hun vak houden en dat graag over willen brengen? Scholen waar iedereen weet hoe je heet? Waar je je kunt voorbereiden op een universitaire studie of waar je de grondbeginselen leert van een ambacht? Waar je in een kleine klas wordt geplaatst als je extra aandacht nodig hebt? En waar iemand je duidelijk vertelt wat je moet doen en je aanspoort door te werken? Lekker ouderwets? En zullen we meteen afspreken dat het ministerie voor een periode van twintig jaar geen enkele verandering mag opdringen aan het onderwijs? Dan gaan wij in onderwijsland gewoon een tijdje doen waar we goed in zijn: kinderen lesgeven.

WIJVEN

Riccardo is verliefd. Tot over zijn oren. Hij schreeuwt het van de daken en door de klas. Eva is van hem. Iedere les zit hij vlak naast haar. Bijna op schoot. Hij zit permanent aan haar te frummelen, steekt in de pauzes haar sigaret op en staat een uur voor schooltijd al met haar te zoenen onder het afdakje van de leerlingeningang. Wij worden er kotsmisselijk van.

'Hij kneedt samen brooddeeg met haar, zijn handen over de hare heen,' zegt broodbakleraar, en schudt zijn hoofd. 'Bij mij heeft-ie een plakje van z'n vinger afgesneden. Hij let alleen nog maar op haar,' beaamt kookleraar. We besluiten Riccardo over te plaatsen naar de parallelklas.

'Jullie snappen zelf toch ook dat dit ten koste gaat van jullie diploma? Straks zitten jullie hier nog een jaar,' waarschuwt mentor. Je ziet Riccardo's ogen oplichten. Nog een jaar bij Eva in de klas! Wat een zalig vooruitzicht! Maar Eva knikt. Riccardo moet naar de andere klas.

Vanaf dat moment loopt hij over de gang, in zijn hand het rooster van Eva. Hij moet constant naar de wc, bemachtigt een doktersbriefje dat bevestigt dat hij een akelige blaasaandoening heeft en als we hem een keer toiletbezoek weigeren, dan loopt hij op een onbewaakt ogenblik de gang op, doof voor ons geroep. De woordloze lokroep van Eva is sterker. We kunnen hem terugvinden bij het raam van het lokaal waar Eva zit. Daar hangt hij, licht kwijlend, tegenaan.

Dan gaat Eva op werkweek. Riccardo heeft een ander programma gekozen. Hoe heeft hij zo'n fout kunnen maken? Als Eva terugkomt, hoort hij vreselijke verhalen. Eva heeft tegen een jongen aan geleund met dansen! Eva is op de schouder van een jongen in slaap gevallen in de bus! Twee keer dezelfde jongen. Marc. Klasgenoten stoken hem op. Dat pik je toch zeker niet?

Hij zoekt Marc op in de klas van Eva. Ze hebben Nederlands. Van mij. Je moet maar boffen. Riccardo stormt naar binnen en beschuldigt hem van de vreselijkste dingen. Ik roep vermanend, maar niemand luistert. Marc krijgt een duw en gaat staan. Straks liggen ze in mijn lokaal te matten. Dus ik roep: 'Dat kan absoluut harder. Veel harder! Maar dan buiten op het bordes. In de pauze.' Ik krijg eindelijk aandacht. De klas grinnikt en de driftkoppen kijken me aan. 'Waarschuw me even, want ik ben dol op een goede rel,' voeg ik eraan toe.

'Nu,' zegt Riccardo. 'Oké,' zegt Marc. Ze lopen de klas uit en gaan op de gang tegen elkaar aan porren. Met mij ertussen, want dit tijdstip had ik niet in gedachten. Maar ik krijg geen oogcontact. Marc is drie hoofden groter dan ik en Riccardo minstens één. Ik spring. Het moet een belachelijk gezicht zijn. Die twee duwende, scheldende knullen en ik daartussen, op en neer huppend. Eindelijk merkt Riccardo mijn pogingen op. Hij doet een stapje achteruit en zegt: 'Sorry, mevrouw. Ik had u niet gezien.'

We hebben een goed gesprek, Riccardo en ik. Eindelijk lijkt Riccardo het te begrijpen. Hij knikt en zucht: 'U hebt gelijk. Die wijven maken je gek. Die deugen niet.' We hebben nog een vervolgafspraak.

POT

Ik ben oprecht boos. Pieter zit voor me zijn nagels te bestuderen, tot ik stop met mijn preek. Houdt dat mens dan nooit op? Nee, voorlopig niet. Hij heeft wiskundecollega zo kwaad gemaakt, dat die met hartkloppingen bij de directeur belandde. Zo hoog kan het af en toe oplopen. Pieter moet eerst maar eens beseffen dat er grenzen zijn.

'Ja, jemig,' mompelt hij. 'Ik zei inderdaad "kanker". Dat zeggen we zo vaak.' Hij rolt met zijn ogen om te illustreren dat wiskundeleraar wel érg lichtgeraakt is. Dan vraag ik Pieter of hij enig besef heeft van wat die vreselijke ziekte kan aanrichten. Of hij toevallig weet wat die ziekte met name in de familie van wiskundeleraar voor verdriet heeft gedaan? Of hij snapt dat hij nog beter met een mes in het hart van wiskundeleraar kan krassen dan te schelden met dit beladen woord? Want dat dat woord dwars door het hart van wiskundeleraar snijdt?

Hij haalt zijn schouders op. En dat maakt mij opnieuw woest. 'Leerkrachten zijn gewoon mensen, hoor. Die eten, gaan naar de wc, hebben een familie en een privéleven vol vreugde en ook vol verdriet. Ze komen niet 's ochtends uit een hol onder de school gekropen om er na lestijd weer in te duiken. Dat zou je eindelijk eens moeten beseffen,' snauw ik. Hij kijkt me verbaasd aan.

'Dat weet ik heus wel,' fluistert hij.

'Welk deel? Van die holen of van dat verdriet?' vraag ik.

'Ik bedoel het toch niet persoonlijk,' probeert hij nog.

'Dat doe je wel. Je gebruikt zo'n woord om in je boosheid wiskundeleraar te kwetsen. Denk maar eens goed na,' redeneer ik. Hij denkt. Hij knikt. Hij haalt al weer zijn schouders op en geeft toe: 'Oké, ik weet dat ik hem daarmee op de kast krijg.'

'En je vraagt je geen moment af waardoor hij zo intens reageert op dat woord. Je beschouwt hem niet als mens. Hij is iemand die je uitprobeert tot hij na afloop weer in zijn hol kruipt. Erg vind ik dat,' zeg ik.

'Dan zal ik mijn best gaan doen om leerkrachten ook eens anders te zien,' oppert hij. Pats! Raak! Goed gedaan, jongen. Pieter heeft het begrepen. Hij krijgt een brede glimlach en moet een werkstuk maken over kanker, om meer inzicht te krijgen.

'Hebt u goed geslapen, mevrouw?' groet Pieter als ik hem de volgende dag op de trap passeer.

'Niet overdrijven, Pieter,' groet ik terug. Maar het gaat goed met hem. Hij haalt een aspirientje voor Engelse juf omdat hij ziet dat ze hoofdpijn heeft en complimenteert wiskunderaar met 'Toffe trui, mees!'

Ik trakteer mezelf op nieuwe schoenen uit de uitverkoop. Een soort halfhoog herenmodel, zwart met veter en extra breed. Al mijn tenen genieten, al loop ik de hele dag tussen tafels heen en weer. Dan blijkt dat Pieter inderdaad zijn best doet de leerkrachten anders te zien. Hij zit vlak voor me en duikt naar zijn pen, die van de bank af is gerold tot vlak naast mijn nieuwe stevige stappers. Als hij weer boven het tafelblad opduikt, kijkt hij me ontsteld aan en vraagt: 'Mevrouw! Bent u pot?!'

FAJA

'Het is zo belangrijk dat je niet om woorden verlegen zit,' prijs ik aan. We zijn bezig met het onderdeel 'verrijk je woordenschat'. Heel simpel: allemaal woorden die ze niet of nauwelijks kennen. Je leert de betekenis en je leert hoe je het woord in een zin kunt gebruiken. Bij kinderen van deze generatie is de woordenschat griezelig klein. Oké, ze kennen een heleboel woorden die ik nooit gebruik, zoals goedoe, doekoe, faja en dissen.* Die woorden pikken ze op straat op. Maar als je nooit leest, wordt je woordenschat van de schrijftaal niet groter. Soms lezen ze een boek. Omdat het moet, voor een boekverslag. Maar het gros van de kinderen heeft geen boeken thuis. Een abonnement op een dagblad? Dat komt weinig voor. Ze komen veelal uit een taalarme omgeving, waarin weinig gepraat wordt. Ik heb kinderen in de klas die nog nooit van hun leven aan tafel hebben gegeten. Laat staan dat er dagelijks tijd is om eens te praten over wat je bezighoudt. Taal houdt op bij het geven van opdrachten: maak je kamer schoon, doe de deur dicht. En dan heb ik het alleen nog maar over autochtone gezinnen, waar met een beetje mazzel in ieder geval de televisie nog weleens op een Nederlandstalig net staat. Bij allochtone gezinnen gebeurt dat veelal nooit. Die kijken gewoon naar de zenders uit het land van oorsprong. Dat zou ik, denk ik, ook doen.

Dus leren we woorden die u heel gewoon vindt. Een collier is een mooie ketting. Zo eentje die de koningin draagt bij een officiële gelegenheid. Geleidelijk, dat betekent beetje bij beetje. Rustig aan. Schappen zijn planken in de supermarkt. Decibel, dat is de eenheid van geluid. Als je lang naar meer dan zoveel decibel zit te luisteren, word je doof. Tussendoor mopper ik op een paar meiden achterin, die zitten te geiten: 'Ik vind het geen punt dat je de hersens hebt van een kanarie. Maar ik vind het wel kwalijk dat je die hersens niet gebruikt!' Want nu komt het woord 'sarcastisch' en dat heb ik dan meteen mooi verklaard. Het zijn grappige lessen waarin iedereen lekker bezig is en waarin je alle malle dingen die er gebeuren kunt gebruiken als voorbeeld. Ronnie rukt mijn gordijn half van de rails, waarna ik bij het woord 'aanvankelijk' de zin gebruik: 'Aanvankelijk vond ik Ron nog wel een leuke jongen, tot hij mijn gordijn naar beneden trok.' En dan maar hopen dat het allemaal blijft hangen. Maar dan slaan geheugenverlies en dyslexie genadeloos toe. Want ze moeten zinnen maken. Varianten als 'Mijn zusje vindt collier een moeilijk woord' en 'Ik kan collier niet vinden in mijn woordenboek' zijn verboden. Dus schrijven ze: 'Wij gaan met onze jonge collier naar de puppytraining', 'Die blinde heeft een geleidelijke hond', 'Zij zijn decibel en kunnen alles aan', 'Ik ben minderjarig en dus aanvankelijk van mijn ouders', 'In het voorjaar scheren ze alle schappen kaal!'

* Goedoe = schatje, doekoe = geld, faja = erg, vervelend, betrapt, dissen = voor schut zetten, in de maling nemen.

INVAL

Ik been voor de klas op en neer. Want ik hou een preek voor mijn mentorklas. Ik krijg klachten en daar moet tegen opgetreden worden. Ik geef de voorzet tot een opvoedende discussie die zal leiden tot sluitende afspraken. Dat verbeeld ik me tenminste. Ze zijn stil als muizen. Een juf in deze toestand moet je niet kwader maken dan ze al lijkt. En dan gebeurt het. Mijn deur knalt open, een brede man in blauw overhemd stormt naar binnen en brult: 'Mobiele telefoons op de tafel! Niet uitzetten! Handen op tafel! Nu!' Zijn vrouwelijke collega stormt naar achteren en neemt een positie in bij het raam.

Dat is politie! Ik sta aan de grond genageld. De klerenkast geeft me een bemoedigende knipoog en snauwt meteen naar de klas: 'Jij daar! Handen op tafel!' Ik ben helemaal in paniek. Moet ik ook mijn telefoon inleveren? De directeur is binnengelopen en zoekt de gezichten af, alsof hij ze in gedachten vergelijkt met het opsporingsregister. De vrouwelijke agent verzamelt alle mobieltjes en ik krijg de opdracht om te noteren van wie welk telefoontje is. Maar de bel gaat en de volgende klas staat voor de deur. Die moet ik dan maar even wegloodsen, want deze kinderen worden nu allemaal gefouilleerd en daarna worden hun kluizen doorzocht, meldt de agent. Er zijn inmiddels nog een aantal blauwe overhemden gearriveerd, die de fouillering op zich nemen.

Ik begeleid de klas die ik geen les kan geven naar het handvaardigheidlokaal waar mijn mentorklas les zou hebben, leg kort de situatie uit aan handvaardigheidjuf en ren weer terug. Daar plak ik naambriefjes op mobieltjes. Die worden geconfisqueerd.

'Waarom?' vraag ik directeur.

'Omdat ze niet ingeschakeld mogen zijn in school,' is het antwoord. Dan is hij weg, want hij kent mijn blinde vlek voor regels en heeft geen zin in een discussie in aanwezigheid van het halve politiekorps. Die discussie krijg ik nog wel. Aan het eind van de dag staat een aantal van mijn mentorkinderen bij de directeur te pleiten dat ze hun mobieltje terug willen. Ik voeg me bij hen.

'Volgens de kinderen hebt u gezegd dat zij van u hun mobiel best ingeschakeld mogen hebben,' zegt hij nogal effen tegen mij.

'Ja, dat is zo. Ik wist niet eens dat het niet mocht,' beken ik eerlijk.

'Het staat in ons protocol,' wijst de directeur mij fijntjes terecht. 'Dat heeft iedere leerling hier ondertekend.'

'Ja, dat kan best,' geef ik toe. Ik zou er heel graag aan toe willen voegen dat ik niet wist dat de politie daar een opsporende taak in had, maar dat durf ik niet hardop.

Nog later vertelt hij dat bij de eerste inval, nu twee jaar geleden, in de kluisjes heel wat ellende werd aangetroffen. Met name steekwapens en softdrugs in hoeveelheden dat je rustig kunt spreken over een gezinsverpakking. En nu? 'Niks. Helemaal niks,' zegt hij trots. Hij heeft gelijk. We hebben een veilige school. Maar mijn handen trillen nog steeds als ik aan die inval denk.

KRIJT

Ik zie mijn bord graag streeploos schoon. Wij hebben gelukkig nog van die ouderwetse borden en ik schrijf daar bij voorkeur op met van dat ouderwetse krijt: wit met geel aan de buitenkant. Dat andere krijt is stofvrij. Daar maak je dunne letters mee en het is harder. Onprettig krijt vind ik dat. Ik kan oeverloos emmeren over mijn bord en mijn krijt. Ook tegen mijn klas. Ze knikken me altijd goedig toe en plagen me door op mijn streeploze bord met een natte vinger te schrijven: 'Dag juf!' Of: 'Niels was here!' Dan krijs ik ze na: 'Nee hè? Mijn bord! Moet ik weer opnieuw beginnen!' Mijn klassen vinden dat een goede mop en ik kan er wel tegen. Want het is natuurlijk een malle afwijking. Voor collega's die af en toe lesgeven in mijn lokaal, heb ik een handleiding geschreven op het rechterbord, uiteraard op een streeploze ondergrond. Want je moet met een natte spons poetsen, spons goed uitspoelen, poetsen, uitspoelen, weer poetsen, daarna opwrijven met een droge doek en als er dan nog krijtresten aanwezig zijn, begin je helemaal opnieuw. Niemand doet het natuurlijk. Ik word altijd een beetje kribbig als ik zie dat ze alleen hebben uitgeveegd wat ze hebben geschreven, in plaats van het hele bord gelijkmatig te poetsen. Dan is er altijd wel een kind dat vol ontzetting wijst: 'Mevrouw! Ik zie daar nog vaag cijfers staan!' Ik knik zuchtend en zeg: 'Ik weet het. Het is diep treurig. Ik ga straks alles schoonmaken als jullie aan het werk zijn.' Ik bedoel maar: bij mij kun je ook met een stofallergie rustig plaatsnemen! Zo'n bordafwijking gaat natuurlijk een heel eigen leven leiden. Laatst kwam er een klein brugklassertje bedeesd aankloppen. Hij had van Engelse juf straf gekregen: het bord schoonmaken volgens de methode Van den Berg. En hij kwam nu even nederig informeren hoe die methode in elkaar stak. Dus zat het kereltje even later het hele stappenplan over te pennen van het rechterbord, onderwijl kritisch en lacherig bekeken door mijn vierde klas. Over straf gesproken...

Nu gaan we over een paar jaar nieuwbouw plegen. We worden nauw betrokken bij die plannen en mogen zelfs andere nieuwe scholen bekijken om ideeën op te doen. Tot mijn ontzetting hangt er tegenwoordig in ieder lokaal een wit bord, waar je met uitwasbare viltstift op kan schrijven. 'Volledig stofvrij en veel hygiënischer,' zegt de rondleider. Ik sla ontzet mijn hand voor mijn mond. Die ruikt gelukkig nog zoals een frik moet ruiken. Naar krijt.

TAAKMODEL

Lesgeven is leuk. Het meeste eromheen is een stuk minder en vergaderen is een regelrechte ramp. 'Daar krijg je voor betaald,' zegt onze baas afgemeten. Hij heeft gelijk, dus vergaderen we na schooltijd. Over telaatkomers, het plasverbod tijdens de les en actie om bekladding van wc-deuren te voorkomen. Ik dwaal snel af, want de meeste onderwerpen komen al twintig jaar terug. Ik heb ieder argument al tig keer voorbij horen komen. Maar dan komt er een meneer die ons gaat inwijden in de geheimen van het geleide taakmodel in tegenstelling tot het vrije taakmodel. Wie is daar nu nieuwsgierig naar? Ik niet. Het is halfzes en mijn maag knort als een opgewonden scharrelvarken. Om mezelf wakker te houden schrijf ik op hoe mijn collega's erbij zitten. Dat is leuk tijdverdrijf: observeren. Onze baas kijkt spiedend rond. Externe deskundigen zijn duur, dus moeten wij ons gedragen en opletten. Ik noteer: geschiedenisleraar weert af, armen over elkaar, blik naar binnen. De punt van zijn schoen gaat op en neer, hij begeleidt voor ons onhoorbare muziek. Economiemeneer let goed op, hij is zijinstromer en geïnteresseerd in organisatiestrategieën. Handvaardigheidjuf zit lang in het onderwijs. Zij weet: als ik nu mijn mond opendoe, ben ik meteen de voorzitter van een commissie, dus ik zwijg. Ze zit onopvallend in de starthouding en ik durf te wedden dat ze straks als eerste weg is. Van tijd tot tijd kijk ik geïnteresseerd op naar de man die maar voortemmert over het geleide taakmodel.

Dat doe ik blijkbaar zo overtuigend, dat de baas goedkeurend naar me knikt. Ik besef wat hij denkt: Van den Berg let goed op. Die maakt zelfs aantekeningen! Vrolijk pen ik door. Af en toe geef ik Engelse juf naast me een zetje, want die doezelt zo erg weg, dat het ondanks haar te lange pony begint op te vallen. Na ieder zetje mompelt ze: 'Ja, ja sorry.' Dan vraagt kookleraar: 'Dus je kiest voor het systeem. Niet voor de inhoud.' 'Nee,' antwoordt de taakmodelexpert, 'Je kiest voor de inhoud. Niet voor het systeem.' Niemand weet precies waar de zucht vandaan komt. Economiemeneer vindt dat we moeten stemmen. Wiskundeleraar roept dat hij deze nieuwe informatie eerst eens wil laten bezinken. Economiemeneer vindt dat we dan moeten stemmen over het feit of we nu wel of niet willen stemmen. Dan grijpt de baas in. Hij sluit de vergadering en ik pink lachtranen weg. Eerlijk is eerlijk, deze viel wel mee!

ETEN

Op de trap kom ik Perry tegen, die ik groet met: 'Moet je zien wat jullie allemaal weggooien.' Ik laat hem de opbrengst van zeven treden zien: een leeg blikje energiedrank, een verfrommeld zakje chips, een plak kauwgum, twee servetjes met mayonaise en wat dropjes.

'Ik eet nooit rommel,' wijst hij me terecht. Hij wiebelt ter illustratie met een zakje brood. Verdraaid, die kinderen bestaan dus nog! Zelden zie je zo'n zakje in iemands handen, laat staan op tafel, wanneer de inhoud wordt genuttigd. Waar ik ze wel zie? In redelijke hoeveelheden in de prullenbakken. Hoewel, de laatste jaren wordt dat behoorlijk minder. Vijftien jaar geleden werkte ik op een school die de varkens op de nabijgelegen kinderboerderij volledig van voedsel voorzag, simpelweg door lunchpakketten uit afvalbakken te vissen. Per dag kwamen er minstens vijftig appels uit. Zonder één bruin plekje. Tegenwoordig zouden die varkens pech hebben. De meeste ouders geven geen lunch mee. Sterker nog: de meeste kinderen ontbijten niet. Ik sprak laatst iemand die op een praktijkschool werkt waar besloten was de kinderen maar van ontbijt te voorzien. Iedere ochtend worden ze begroet met een kopje thee en broodjes pindakaas. Voor de trek tussendoor liggen er appeltjes voor het grijpen. Ze hadden verder het aanbod uit de kantine drastisch gewijzigd. Alle ongezonde frituurtroep en suikerbende in één keer geschrapt. Fantastisch! Op onze school is dat onmogelijk.

Pal tegenover ons bevindt zich een snackbar waar je ook nog eens overdekt mag roken! Probeer daar maar eens tegen op te boksen. Maar hoe krijg je kinderen zover dat ze gezond eten? Minister Veerman weet het gelukkig. Die pleit ervoor dat kinderen op basisscholen 'smaaklessen' krijgen. Zodat ze leren dat gezond eten ook erg lekker is. Zou zo'n man nou nooit eens zijn oogkleppen afdoen als hij door een volkswijk loopt? Of komt hij daar nooit? Dan zal ik hem eens inlichten. Beste excellentie, bij die kinderen thuis is geen gezond voedsel te vinden. Sommige kinderen hebben nog nooit met de familie aan tafel gegeten. Die krijgen een paar euro om iets in de snackbar te halen, frituren zelf iets of rukken een zak snaai open. Ik heb kinderen in de klas die ontbijten met een fles cola. Ze hebben een officiële ADHD-verklaring, maar stuiteren volgens mij drie keer zo hard door al die suiker. Als u en alle bewindslieden achterstanden signaleren in de opvoeding, wijst u meteen naar het onderwijs. Volkomen onzinnig. Kom nu eindelijk eens met een verstandig plan. Stel een ouderschapscursus verplicht voor iedereen die de gemeenschap wil verrijken met een kind. Ik wil graag meedenken over de inhoud. En ik heb meteen een leuk format voor 'De grote ouderschapstest' gepresenteerd door Jeroen Pauw.

WRAAK

Stefan en Sonny zijn eruit gestuurd. Helemaal voor niks, natuurlijk. Stefan had tegen Sonny gezegd dat zijn tas was omgevallen en toen moest hij eruit! Belachelijk! Ja, er was een proefwerk op dat moment en dan mag je niet praten. Zal best. Maar het ging verder nergens over. Gewoon gelul. Dus die tekst had Sonny nog maar eens half hardop gemompeld, waarna hij de klas ook mocht verlaten. Allebei een 1. Die lul. Ze kijken me uitdagend aan. Zeg daar maar eens iets van bij zoveel onrechtvaardigheid, seinen hun woedende blikken. Maar voordat ik ook maar aan de correctie van hun taalgebruik kan beginnen, gaan ze door. Ze doen nooit meer iets aan dat vak. Dat hebben ze samen besloten. Ze zullen hem krijgen! Ze maken geen huiswerk meer, voeren geen klap meer uit en zullen in de toekomst uitsluitend enen halen. Net goed. Ze kijken elkaar triomfantelijk aan, tevreden met hun nieuwe tactiek. Dan kijken ze weer naar mij. Hebben we dat niet goed voor elkaar?

'Daar hebben jullie vast goed over nagedacht,' opper ik voorzichtig. Ze knikken tevreden. Ja, dit is een doordacht plan. Dan mag ik. Ha, eindelijk! Want dan hebben ze ook wel bedacht dat ze misschien zullen blijven zitten door al die enen. En dat ze dan een heel jaar opnieuw opgescheept zitten met die meneer die ze zo-even kwalificeerden met een term waar ik ze later nog even over op de vingers wil tikken. Ze kijken me even verward aan. Ik verduidelijk: de term 'lul' dus. O juist. Ik ga door. Ze denken dus dat het die man iets uitmaakt of ze enen halen of niet. Die man krijgt dat cijfer niet op zijn rapport, of wel? Dat het een belangrijk vak is voor hun vervolgopleiding, hebben ze daar al aan gedacht? Nee? Ook al niet? Als ze dan toch wraak willen nemen, waarom doen ze dan niet hun stinkende best, halen allemaal tienen, slagen met glans voor alle diploma's in de nabije en verre toekomst en komen over een paar jaar voorrijden in een vette Hummer, om alle leerkrachten de loef af te steken en vals te roepen: 'Dat kunnen jullie niet betalen hè? Van zo'n onderwijssalarisje!' Kijk, dat is pas de ultieme wraak. Ik beëindig mijn pleidooi. Mijn gehoor is er stil van. Ze kijken elkaar aan.

'Dat is ook een manier, natuurlijk,' weifelt Stefan.

'Gaan we nog eens over nadenken,' geeft Sonny toe. En ik: 'Eerst maar eens netjes excuses aanbieden, uitleg geven en nederig verzoeken om een herkansing, straks. Dan kunnen jullie later altijd nog beslissen of je daar een 1 of een 10 voor wilt halen.'

Als ik ze twee weken later in een mentoruur cijfers laat geven voor alle leerkrachten, bekijk ik de blaadjes van Stefan en Sonny extra nieuwsgierig. Maar alle wraakzucht is verdwenen. De man met de korte achternaam krijgt een 8. Sonny schrijft zelfs: 'Echt een toffe peer. Kan je goed mee praten.' En ik? Ik krijg een 6. Zonder tekst.

DIE 3 ENEN VAN JULLIE ZULLEN DIE ENE LERAAR VAN HET 3 LETTER-WOORD, WORST WEZEN, HOOR
!
!

ERECTUS

'Homo!' Het gescheld knalt door de gang, komt m'n lokaal binnen. De jongens die het roepen, bedoelen het niet kwaad. Dat verzekeren ze me meteen als ik er iets van zeg. Maar ik wil het niet horen. Dus ik preek: 'Homo betekent mens! Als je iemand op een gezellige manier wilt uitschelden, bedenk dan alsjeblieft iets intelligenters.' Mens? Gewoon mens? Daar willen ze toch wel wat meer van weten. Ik begin over de *homo erectus* en de *homo sapiens.* Hoewel, bij die 'erectus' ontstaat er zoveel hilariteit, dat 'sapiens' in de lachgolf verdwijnt. Ik ga er maar eens bij staan. We maken hier aanschouwelijk onderwijs van en mijn demonstratieslachtoffer is natuurlijk degene die het hardste riep. Hij loopt op mijn aanwijzingen op handen en voeten door de klas. Volgens mij heeft hij meer aanleg voor toneel dan voor de rest van onze schoolopleiding, want hij doet het briljant. Eerlijk is eerlijk. Ik doe verslag.

'Uiteindelijk ontwikkelde zich een soort die rechtop begon te staan. Een mooi woord voor "rechtopstaand" is erectus.' Het gelach is oorverdovend. Mijn demonstrant doet aarzelende stappen, krijgt de slag te pakken en wandelt zwaaiend langs de banken.

'Ziehier, de *homo erectus*, ofwel, de rechtopstaande mens. Maar we zijn er nog niet. Kijk maar naar de domme uitdrukking op zijn gezicht,' vervolg ik. 'Uiteindelijk ontwikkelde zich de *homo sapiens*, ofwel de denkende mens!' Ik wil de grap maken dat ik betwijfel of iedereen in deze klas die ontwikkeling ook heeft doorgemaakt, maar slik mijn woorden in als mijn demonstrant op een stoel gaat zitten en meteen de houding aanneemt van *De Denker* van Rodin: knieën over elkaar en vuist op het voorhoofd. Wow! Dat is een mooie afsluiting. We storten ons weer op de werkwoorden. Ik hoop dat in die koppies blijft hangen dat het een dom scheldwoord is. Want ze worden zichtbaar moe van de opvoedkundige uitleg dat je daar je medemens mee kwetst. Zo bedoelen ze het ook helemaal niet. Ze roepen maar wat, in de hoop dat niemand denkt dat zij... Stel je voor! Het vmbo is niet bepaald een geschikte plek om uit de kast te komen. Wie dat wel doet, is een heel bijzonder mens. Meestal hoor je het pas veel later. Zoals de enige oud-leerling die me ooit bekende: 'Ik was zo verliefd op je!' Die zal ik nooit vergeten. Dat was een meisje.

AKKEFIETJE

'Hoe zit het dan met ons? Met die nieuwe spelling?' Derdeklassers kijken me ongerust aan. Ze doen kaderniveau, het hoogste dat wij op onze school aanbieden. Dus zullen ze alle nieuwe regels toch wel in hun hoofd moeten prenten, zou je denken.

Ik vertel het ze nog maar een keer. Want het maakt voor het vmbo op basis- en kaderniveau niet zo heel veel uit. Spelling telt helemaal niet op hun eindexamen Nederlands. Ze mogen een woordenboek gebruiken, als ze dat willen. Maar al schrijven ze alle woorden fout, er wordt geen punt voor afgetrokken. Wel moeten ze de werkwoordspelling beheersen. Dus daar trainen we extra op. En daarnaast kunnen ze punten verliezen door fouten te maken in de interpunctie. Dus hoofdletters, punten en komma's krijgen alle aandacht. En toch, stel dat ze geen enkele hoofdletter of punt gebruiken, alle werkwoorden verkeerd spellen en verder in ieder woord een fout maken, dan nog kunnen ze een voldoende halen.

Mijn leerlingen halen altijd opgelucht adem na het horen van dit verhaal, maar ik betrap me er iedere keer weer op dat ik het met verbazing vertel. Iedere keer besef ik hoe ongelooflijk dit verhaal klinkt. Een voldoende halen en alles fout schrijven...

Ik maak me voor mijn leerlingen dan ook helemaal niet druk over de nieuwe spellingregels. Wel voor mezelf. Het is toch niet te verkopen om een vak te hebben waar je de regels niet volledig van beheerst. Dus ik zal wel aan de bak moeten. Maar vanuit onderwijskundig standpunt haal ik mijn schouders erover op. De minister vindt die spelling zelf blijkbaar ook niet zo belangrijk.

Het basisonderwijs heeft ook geen tegemoetkoming gekregen om het lesmateriaal aan te passen. Welnee. Waarom? Ik werk met een methode Nederlands waarin een opdracht staat die begint met: 'Je hebt een cassetterecorder gekocht van *f* 69,00.' Dan moet ik uitleggen wat een cassetterecorder is, want zelfs hun oma heeft dat antieke apparaat allang bij het grofvuil gezet. De gulden, dat weten ze nog wel. Dat teken veranderen ze net zo handig in een euroteken als alle winkeliers dat destijds ook hebben gedaan.

Ons taalgebruik is in de oren en ogen van mijn leerlingen net zo verouderd als het guldenteken. Ik mag blij zijn dat ik hun taal nog een beetje kan verstaan. Dan kijk ik gewoon na als Jordy zijn schrift voor me neerlegt met het vriendelijke verzoek: 'Check effe me akkefietje for die opdracht.' En ik tel de schrijffouten niet mee.

KOFFIESHOP

Anderhalf jaar geleden schreef ik een brief aan burgemeester en wethouders waarin ik op persoonlijke titel een koffieshopverbod eiste binnen een straal van duizend meter rond iedere school. Ik vertelde de beleidsmakers over leerlingen die voor schooltijd al een blowtje nemen en vervolgens als zombies in de klas zitten. Ik vertelde over praktijklessen waarin leerlingen met grote scherpe koksmessen rondlopen en waarbij het dus absoluut aan te bevelen is dat iedereen een helder hoofd heeft. Praktijkleraren zien al gauw of een leerling geblowd heeft. Ze sturen ze meteen weg. Veel te gevaarlijk met gereedschap, deegmachines en grote pannen vol kokend water. Theorieleraren zien het minder snel. De meeste kinderen worden immers rustig van wiet. Een uitstekende voorwaarde voor een ontspannen lesuur, zou je met wat cynisme kunnen constateren. Jammer alleen dat ze blijven dommelen, niets opsteken en niets uitvoeren. En een enkele keer reageert iemand behoorlijk opgefokt door stuf of andere troep. We hebben ze zien stuiteren met enorme pupillen en schuim om hun mond. Jonge kinderen van twaalf, dertien jaar verpesten hun toekomst door rommel die wij gedogen. Nou, ik gedoog het allang niet meer. Ik wil die troep weg hebben. In ieder geval een heel eind uit de buurt van mijn leerlingen. Minstens duizend meter en liever nog verder!

Ik kreeg nooit antwoord op mijn brief. Ik kreeg zelfs geen bevestiging van ontvangst. Maar ik denk toch dat mijn oproep ergens is blijven slingeren op een leestafeltje of zo. Want ineens hoor ik geluiden uit de politiek die bepleiten om de koffieshops inderdaad te verbieden in de buurt van scholen. En niet alleen vestiging verbieden, nee, alles wat er al zit meteen sluiten. Subiet. Want inmiddels is uit onderzoek gebleken dat jonge kinderen heel wat schade aanrichten aan hun hersenen met dat geblow. Die hersenen groeien namelijk nog. En de rommel die ze gebruiken heeft daar een funeste uitwerking op.

'Hoe moet ik dan relaxen? Na school en werk moet ik toch relaxen? Dan is een blowtje toch niet zo erg?' Just, vijftien jaar jong, leunt tegen de balie en kijkt me trouwhartig aan. Zijn stem schiet van laag naar hoog en de pukkels strijden om een plekje. 'Alles wat lekker is, is ook een beetje slecht,' argumenteert hij. Voor hem is blowen net zo gewoon als voor mij een glas wijn. Alleen heb ik een vervolgopleiding gevolgd en ik ben bang dat Just daar niet in gaat slagen. Zijn toekomst zal anders verlopen vanwege zijn groeiende behoefte aan relaxmomenten.

Een kritische collega zei me na het lezen van de brief: 'Duizend meter? Dan moeten ze alle koffieshops in de stad dichtgooien!' Ik heb geknikt. Inderdaad. Prima toch?

GEHEIM

'Ik leer het nooit. Het was een bende,' kreunt stagiaire Marielous na een lesuur ploeteren met een derde klas. 'Wat is het geheim van een klas die gewoon lekker aan het werk gaat? Hoe doe je dat?' Ik schiet in de lach. 'Als ik dat eens wist! Ik heb straks zo'n klas waar ik gek van wordt. Een vierde klas. Puinbak! En dan ineens loopt het weer wel. Zo'n klas waar je normaal gesproken dus geen stagiair bij uitnodigt. Kom maar achterin zitten,' bied ik aan.

Even later kijkt Marielous verbaasd toe hoe Perry een brandweerwagen imiteert bij zijn entree. Ik gebied: 'Ga maar weer weg en doe dat nog eens over. Zo kom je mijn lokaal niet binnen.' De tweede keer sluipt hij zwijgend achter me langs. Om achter zijn bank meteen luidkeels te klagen: 'Nu kom ik netjes binnen en dan zegt u niks! Zag u het wel? Ik was helemaal stil!' Tegelijkertijd heeft Timon per ongeluk zijn bank omgestoten, waardoor de schroeven zijn afgebroken. Hij loopt met het blad op me af en roept: 'Mag ik een andere tafel?' Twee kinderen staan bij mijn bureau te vertellen dat ze geen boek bij zich hebben en melden meteen uitgebreid de reden. Achter mijn rug is er eentje bezig mijn bord op te leuken met graffiti. Als alles bedaard is en aan het werk, zegt Stefano: 'Mevrouw! U moet de groeten hebben van Nathalie!' Dat is zijn vriendinnetje, die vorig jaar examen deed. Heel aardig eigenlijk, dus ik zeg: 'Dat is leuk! Doe haar de groeten terug.' 'Doe haar ook de groeten van mij!' roept Perry meteen. 'En van mij moet ze ook de groeten hebben,' knikt Timon. 'En van mij.' 'En ook de groeten van mij!' 'Hey Steef! Doe haar mijn groeten, ja!' Freek buigt zich naar me toe: 'Mevrouw, ik kan me zo echt niet concentreren. Wilt u ervoor zorgen dat ze hun mond houden met die groeten?' 'Ja,' knikt buurman Guno. 'Mag ik misschien op de gang werken? Want ik kan m'n hoofd er echt niet bij houden als iedereen zo druk is.' Ik knal met mijn hand op m'n bureau en mopper op iedereen. 'Oké,' hoor je mompelen. Dan werken ze. Keihard. Want dat kunnen ze, als ze willen. Als ik rondloop om hier en daar wat uit te leggen, vraag ik maar eens: 'Is er op school nog een leerkracht die wél van jullie houdt?' Dan zegt Timon meteen: 'Jawel. U toch? Stiekem?' Ik kijk Marielous aan en ze knikt naar me. We hebben een van de geheimen ontdekt.

FOCUS

'Doen we nog een spelletje?' Ze vraagt het elke week als ik de auto uit kom en het bordes op loop. Het is nog zo vroeg dat zelfs de duiven een beetje versuft rondscharrelen. Maar Rachel is wakker. Ze wil een spelletje.

'Het leven is geen spelletje,' schud ik meteen.

'Poeh, vertel mij wat,' blaast Rachel. Zestien is ze, straks doet ze eindexamen. Haar rechtvaardigheidsgevoel is net zo sterk ontwikkeld als haar lichaam en als ze onrecht ziet, timmert ze erop los. Ze heeft allang geleerd dat je niet over je moet laten lopen en als je niet beter zou weten, werd je bang van haar. Maar het is een pukkie. Dol op spelletjes.

Dus doen we een spelletje. De klas gaat in twee rijen staan, achter elkaar.

'Even wakker worden, kinders,' prijs ik aan. Want de helft denkt: ha! Iets geks! Maar de andere helft denkt: nee hè!, moet dat? Als ik geen superenthousiast verhaal ophang, wordt het niks met mijn spelletje. Ik hou twee propjes in mijn handen en zeg: 'Focus. Dat is belangrijk in je leven. Stel jezelf een doel en focus daarop. Verlies je doel niet uit het oog, werk ernaartoe. Focus. Als je dat op kunt brengen, schop je het een heel eind. We gaan oefenen. Focus op het propje. Nee, niet naar de blote buik van Rachel kijken en niet aan de kont van Michael zitten, handen thuis en focus. Focus op het propje!' Daarna leg ik uit dat ze het propje naar achteren door moeten geven, om en om over het hoofd en tussen de benen door. De achterste rent naar voren als-ie het propje heeft en dan geeft hij het weer door.

'Over je hoofd, tussen je benen, over je hoofd, en blijven focussen!' Ik sta met de propjes in uitgestrekte armen en tel af. 'Eén, twee...' De jongen links heeft het propje al uit mijn handen getrokken en iedereen lacht.

'Uitstekende focus, maar slechte timing!' corrigeer ik. En dan gaan ze. Ze geven het propje door, gillen, rennen, duwen, gieren en houden de tegenstanders in de gaten. Daarna gaan we aan het werk. Over een paar weken begint het eindexamen. Dan leg ik halverwege bij leerlingen die zich niet langer dan een halfuur kunnen concentreren een propje op de bank en fluister: 'Focus.' Hopen dat het helpt.

HALEWIJN

'We schuiven steeds meer richting "competentiegericht leren". Daarin heeft alles verband met elkaar en wordt het kind geprikkeld om te onderzoeken,' zegt mijn directeur. Hij kijkt erbij zoals ik kijk als ik net een kersenbonbon in mijn mond heb gestopt. Gelukzalig. Maar ik proef geen kersenbonbon. Ik frons diepe rimpels en zoek om me heen naar een tafelkleedje waaronder ik me kan verstoppen.

'We gaan daar voorzichtig mee om, natuurlijk,' sust hij meteen. Want hij stuurt vriendelijk. Maar evengoed hartstikke dwingend. Wat is nu precies competentiegericht leren? Daarin ga je op zoek naar kennis en vaardigheden die je nodig hebt voor de praktijk. Want daar begint alles. Bij de praktijk. Voorbeeld: je geeft leerlingen de opdracht een appeltaart te bakken. Ze weten dat daar appels in moeten en ze weten dat er een soort deeg omheen zit, maar verder weten ze niks. Dus duiken ze in bronboeken en gaan het internet op. Uiteindelijk hebben ze een recept opgeduikeld en gaan aan de slag. Je kunt zo'n opdracht uitbreiden met toeters en bellen. Bereken wat je appeltaart kost en hoeveel hij in de winkel moet kosten als je 45 procent winst wilt hebben. Schrijf een brief aan de groenteboer en klaag beschaafd over de twee rotte exemplaren in het geleverde kilootje. Schrijf een Engelse brief naar Granny Smith om haar persoonlijk te bedanken. Plant de appelpitten in teelaarde en kweek daar een boom van. Ik noem maar wat. We hebben nu de vakken bakken, Nederlands, Engels, economie en biologie competentiegericht gepresenteerd en het resultaat zal zijn dat de leerlingen hier meer van opsteken dan van een klassikaal lesje uit een boekje. Ik denk wel dat het waar is. Misschien bent u nu ook wel onder de indruk. Maar ik zie mijn mooie vak verdwijnen. Mijn taal, mijn grote liefde, mijn lettertjes. Nederlands, dat wordt een hulpmiddeltje. Nuttig om een gebruiksaanwijzing te lezen, een formulier in te vullen en een brief te schrijven. Op sommige scholen is het vak Nederlands als zelfstandig onderdeel verdwenen en geïntegreerd in de andere vakken. Als ik niet uitkijk, krijg ik nooit meer de kans om met mijn leerlingen het lied van Heer Halewijn te lezen. Of te vertellen over de verliefde monnik die zijn ganzenveer testte en de eerste Nederlandse versregels op perkament zette. Even boven jezelf uitstijgen, dat heb je immers niet nodig in de praktijk?

KONINGIN

Ze weten alles al. Ze zijn het middelpunt van de wereld. Ze hebben recht op alle aandacht. Ze zijn prinsen en prinsessen en als ze over straat lopen, springen alle lichten op groen. Ze hoeven nooit te wachten en hebben nooit in de rij gestaan. Ze werken niet. Ze krijgen alles. Zomaar. Van mama. En als er een nieuw model van uitkomt krijgen ze dat ook. Van papa. Ze hoeven niet te leren. Ze weten alles al. Vol minachting kijken ze neer op iedereen die er niet bij hoort. Met een scheef glimlachje kijken ze naar mij. Ik weet niks. Ik kom uit een dorp en daar wonen koeien. Ik moet naar ze luisteren en wel meteen. Ik mag niet zeggen dat ze even moeten wachten. Dan zijn ze beledigd. Ze schrijven niks in hun agenda. Ze zien wel of ze een proefwerk krijgen. En als ze een proefwerk krijgen, zijn ze woest. Want dat heb ik niet gezegd. Bovendien snappen ze het niet. Dat is mijn schuld. Ik heb het niet goed uitgelegd. Een onvoldoende op hun rapport? Dat pikken ze niet. Mama zal bellen. En als dat niet helpt, belt papa.

Dat klinkt erg hè? Af en toe zie ik mijn kinderen zo. En ik weet dat veel collega's ze ook zo zien. Erger nog: naarmate je ouder wordt, begint dat beeld zich hardnekkiger in je hoofd te nestelen. Dan voeg je er al gauw aan toe dat het niveau achteruitholt en dat je je afvraagt wat er met deze generatie is gebeurd. Hadden we de supernanny eerder moeten inzetten en is dit het resultaat van opvoeding in een veranderende maatschappij? Nee, vroeger, vroeger kon je nog...

De bel is net gegaan. Ik sta voor een klas vol kinderen die eisen en dwingen en roepen. Of nog met hun jas aan en hun tas dicht met de achterbuurman converseren. Ik neem een slokje van mijn koffie. Dat helpt misschien.

Dan gaat de deur van mijn lokaal open. Juf Engels komt binnen, haar mok met de Engelse vlag erop in haar hand. Ze loopt zwijgend op me af, stoot met haar mok tegen mijn kopje, zegt plechtig: 'Proost, buuf,' en verlaat weer mijn lokaal.

Dat helpt. De grijns op mijn gezicht blijft een lesuur lang zitten en ik ga monter aan de slag. Ik ben grappig, zinvol, leerzaam, alom tegenwoordig, supergeduldig en prijs ze de hemel in als ze hard werken. Als ik maar regeer, zijn de prinsjes en prinsesjes lief. Koningin Beatrix gaf bij haar jubileum aan dat het zwaar is om elk moment van de dag koningin te zijn. Ik snap wat ze bedoelt. Ik ben na acht uur al kapot.

LEERRECHT

Iedere klas is anders. Ik heb er eentje die opgedeeld is in twee kampen. Het ene kamp is leergierig en het andere kamp is leerplichtig. Dat bijt. De leergierigen ergeren zich suf aan het gedrag van de leerplichtigen. En ze ergeren zich nog meer aan de aandacht die ik daaraan schenk.

'Gooi hem er toch uit,' sist leergierige Milo tegen me als leerplichtige Thierry al weer zijn boek, schrift en pen niet bij zich heeft. Milo vindt een pen als diepte-investering in zijn toekomst een logische stap. Thierry kan zich niet eens herinneren wat voor kleur zijn schrift voor Nederlands heeft. Er gaapt een enorme kloof tussen de twee kampen. De leergierigen hebben inderdaad veel meer recht op aandacht. Maar ja, het kamp van de leerplichtigen is groot. Te groot om ieder uur de gang op te sturen.

De leerplichtigen ergeren zich op hun beurt weer aan de leergierigen. Want dat is natuurlijk een stelletje uitslovers. Sukkels, nerds, mietjes, slijmerds, stuuds. Stel je voor dat zij iedere keer achten en negens zouden halen! Om je dood te schamen toch? De kloof lijkt niet te dichten. Toch weet ik de oplossing. Ik roep het al jaren. Schaf de leerplicht af! Want juist in dat woordje 'plicht' schuilt de oorzaak van de ellende. Vervang de leerplicht door leerrecht. Iedereen krijgt bij zijn geboorte twintig jaar leerrecht. Vanaf twaalf jaar mag je zelf beslissen hoe je dat leerrecht indeelt. Even geen zin? Liever een jaar vakken vullen of folders bezorgen? Prima! Kom je er na een jaartje achter dat je op deze manier niet verder komt en wil je dat wel? Dan zoek je een opleiding waarmee je omhoog kunt komen. Wil je een jaar reizen midden in je studie? Geen punt. Wil je een leerjaar drie keer overdoen? Alles kan. Je hebt twintig jaar leerrecht en wil je daarna verder leren, dan ga je betalen. Alle klassen zitten vol gemotiveerde mensen die allemaal een pen bij zich hebben. Wat een luxe!

'Bespottelijk,' vindt Thierry, als we dit onderwerp bespreken. 'Alsof ik ooit vrijwillig iets zou willen leren! Dan ging ik helemaal nooit meer naar school!'

'Dat wil je toch ook niet?' vraagt Milo verbaasd.

'Nee, maar als ik niet moet, dan komt er niks van mij terecht,' zegt Thierry verontwaardigd. En tegen mij: 'Wilt u dat soms?!'

KOPSTUKKEN

Ik ben een lesboer. Aangenaam. Ik heb geen taken binnen school die beloond moeten worden met zogenaamde taakuren. Ik heb een mentorklas waar ik problemen mee bespreek en die ik zo goed mogelijk probeer te begeleiden. Soms belt een ouder me weleens op om problemen te bespreken. Een enkele keer zelfs 's avonds. In de pauzes komen leerlingen mijn lokaal in omdat ze even met me willen praten. Ik doe de publiciteit als er op school iets bijzonders gebeurt. Dan mail ik media en verstuur persberichten. Verder zit ik bij vergaderingen. Ik bereid lessen voor en kijk na. Dat laatste is bij Nederlands nogal veel werk. Ik sta met hart en ziel voor de klas. Dus ik stel in de schoolorganisatie geen donder voor.

Want laatst kreeg ik een boekje met de titel: *Onze kopstukken.* Onze kopstukken zitten op een kantoor. Ze bepalen onderwijsbeleid, zorgen dat we ons salaris krijgen en bestellen krijtjes. Ik vond het een dik boek. Er zitten tegenwoordig een hoop kopstukken in ons systeem, bedacht ik, al bladerend.

Op mijn oude school had je een administratie met drie mensen, je had een rector, een conrector en een conciërge, tevens kantinebaas. En waarschijnlijk een schoonmaakploegje, maar die zag ik als leerling nooit. En natuurlijk een heleboel leerkrachten. Die waren destijds nog belangrijk op school.

Nu, na al die fusies, samensmeltingen, regionale opleidingscentra en andere overkoepelende systemen heb je een boek vol kopstukken. Met een prachtig Nederlands woord noem je dat 'overhead'. In sommige gevallen is er een overhead van 35 procent, al streven ze naar 20 procent. Dat vind ik ook al hoog.

Gek genoeg zie je die overhead niet terug op de vestigingen die deel uitmaken van zo'n grote organisatie. Je merkt alleen dat die overhead er is als je een jeugdherberg in België wilt betalen en bemerkt dat er minstens twintig werkdagen overheen gaan voordat dat daadwerkelijk een keertje gebeurt.

En wij lesboeren tobben maar door. Naamloos. Wij zijn geen kopstukken. Jonge gedreven collega's, fantastische leerkrachten, aarzelen: zal ik solliciteren op die managementfunctie? Weg voor de klas, een hogere salarisschaal en meer groeimogelijkheden? Een plekje bij de kopstukken? Dus ze aarzelen. Logisch.

De minister zou moeten besluiten sommige mensen extra te betalen als ze beloven voor de klas te blijven staan. Ik kan er zo een paar aanwijzen. En de kopstukken heb ik verwerkt tot dartbord. Nee, ik vertel niet wie er in de bull's eye zit. Maar ik word wel steeds beter.

PAT

Pat ziet de leerplichtambtenaar vaker dan haar biologische vader. Ze is in opstand tegen alles. Tegen school als ze op school is. Tegen ma en stiefpapa als ze thuis is. Voor haar dossier heb je een steekwagentje nodig en leerkrachten schieten spontaan in de stress als haar naam wordt genoemd. Maar Pat is wel een heel slimme meid en dit jaar zit ze in mijn klas.

Ik besluit haar tegen alle verhalen in wel grappig te vinden. Uiteindelijk ken ik haar nog niet. Ja, van de gang. Dan vraagt ze meteen: 'Krijg ik nu een keer Nederlands van u?' Want daar is ze goed in. Afstoten wat dicht bij je komt. Aanhalen wat onbereikbaar is. Pat mag altijd bij me komen als er iets mis is. Dat doet ze. Ze neemt me in vertrouwen, doet onverschillig, verpest een hoop en maakt dan alles weer goed. En, o wonder, ze spijbelt nauwelijks en haalt goede cijfers. Er ligt een prachtig rapport. Ma en stiefpapa komen op ouderavond en Pat komt mee. Ik begroet ze met mijn breedste glimlach en goede berichten.

Nou, die kan ik wel vergeten, vindt stiefpa meteen. Want Pat deugt van geen kanten. Hij overweegt haar poten te breken. Hij gooit haar het huis uit. Ze gaat maar voor hoer zitten. Dit kind is slecht. Inslecht! Van de duivel bezeten! Hij schreeuwt het uit en spuugt erbij. Ma imiteert een wassenbeeld en Pat staart naar haar magere knieën.

Ik heb al een paar keer geprobeerd in te breken in deze monoloog. Rustig, sussend, kalmerend. Per slot van rekening zit er nog een ouderpaar op de gang. Maar als het niet anders kan, dan moet het maar. Ik roep steeds harder. Ik ga er zelfs bij staan, wijs met een ferm gebaar naar de deur en schreeuw hem toe: 'Ik verzoek u nu meteen te vertrekken. U bent hier absoluut niet langer welkom. Mijn lokaal uit!' Als ik weer ga zitten, voel ik mijn knieën bibberen. Hij vertrekt, roept nog iets over de duivel en slaat de deur met een klap dicht. Ik beëindig het gesprek met Pat en met haar moeder, maar het gaat nergens meer over. We zijn allemaal te veel van slag.

De laatste ouders zijn diep onder de indruk van de aftocht van die boze man. Dat gesprek is zo klaar. Ze raden me aan: 'Ga maar gauw koffie halen!' Dat heb ik inderdaad hard nodig.

En nu? Nu is Pat al een tijdje zo rebels, dat wiskundeleraar bijna instortte. Maar thuis gaat het prima. Als beloning gaat ze in de voorjaarsvakantie skiën met ma en stiefpa. Aantrekken en afstoten. Pat blijft er goed in.

HET DOSSIER VAN PAT?
IN DIE KAST?
NEE, DIE HELE KAST

DINER

Voor ons schoolrestaurant moet je bijtijds reserveren. We zitten altijd vol. Topkwaliteit voor een prikkie lokt enorm, maar het leukst is wel dat piepjonge gastheren en gastvrouwen je bedienen. Deze dinsdagavond hebben Jan en ik een tafeltje te pakken. Eerst lesgeven natuurlijk. Op de trap begroet Benjamin me in koksklеren met de woorden: 'U ziet er beroerd uit! Ga maar gauw naar huis!' Die heeft geen zin in een uurtje Nederlands voor hij lekker aan de slag mag met bavarois en versgeslagen boerenjongensijs.

'Ik kom vanavond dineren. Dus als je morgen vrij wilt hebben, kun je je kans grijpen!' grap ik terug. Hij kijkt me ontsteld aan en zegt: 'Dat zou ik nooit doen. Niet met u!' Zijn klasgenoot Berry meldt somber: 'Ik moet u en uw man bedienen.'

'Dat zal me een klap geven,' lach ik. Hij trekt wit weg. 'Hoezo? Is uw man driftig?'

Om halfzes schuiven we aan. Berry stuntelt met kelnersmes en wijnfles en vertoont tekenen van totale verlamming als hij de opener op de grond laat vallen.

'Jongen, beter de opener dan de fles, nietwaar?' zegt serveerleraar geruststellend. Berry knikt en piept: 'Wie moet er proeven?' Ik wijs op echtgenoot en Berry schenkt trillend wat wijn in zijn glas. Jan demonstreert 'zo proef je wijn' en knikt goedkeurend. Opgelucht plenst Berry onze glazen en het tafelkleed vol en dient de amuse van garnaaltjes op. Bij de rosbiefpuntjes met stroganoffsaus hebben we spijt dat we alle voorgerechten ook zo lekker vonden. Berry zet er stevig de sokken in, want die ziet een eind komen aan deze onmenselijke uitdaging. Willen wij nog aardappeltjes? Nog wat geglaceerde witlof? Echt niet? Dan maar afnemen? Onderwijl wijs ik Jan op leerlingen en fluister bijzonderheden door. Ik voel me gelukkig. Dit is wel mijn schooltje. Mijn kinderen. 'Leuk zijn ze, hè?' Jan herinnert zich nu waarschijnlijk een heleboel verhalen waarin bepaald geen lieverdjes de hoofdrol vervulden. Dat ben ik even vergeten. De koks komen binnen en nemen het applaus van de gasten in ontvangst. Een enkeling duikt een beetje weg, maar Kevin wandelt gemoedelijk langs, zijn handen op zijn rug. Het viertal achter ons begroet hij met: 'Ha! Trouwe gasten! U was hier vorige week en toen was ik uw gastheer. Weet u nog?' Vijftien jaar oud en nu al doorgewinterd. 'Hij zingt in het café van zijn oom. Met Jordanese snik,' fluister ik naar Jan. Die is helemaal onder de indruk. Dan buigt de trouwe bezoeker zich naar ons tafeltje en vertrouwt ons toe: 'Ik dineer ook regelmatig bij het mbo. Maar hier is het echt stukken beter.' Ik groei van trots. Kilo's!

GENAKT

'Alain, pak je tas eens uit. En je jas uit. Hup!' Je ziet hem omhoogschieten en denken: verrek! Het is geen pauze! Daar staat dat mens van Nederlands! Hij grabbelt gehaast onder zijn bank, herrijst, kijkt mij ontsteld aan en roept verontwaardigd: 'Mijn tas! Ze hebben m'n tas genakt!'

'Pardon?' Ik wen er nooit aan. Wat is nu weer genakt?

'Gejat!' Kijk. Dat is keurig Nederlands. Ik kijk meteen bestraffend de buren langs, want het zal wel weer een rotgeintje zijn. Die tas ligt waarschijnlijk boven op een kast of hij hangt aan een touwtje uit het raam. De buurman van Alain ligt over zijn bank heen te huilen van het lachen.

'Perry, geef die tas terug. Ik wil graag beginnen.'

'Mevrouw, hij had helemaal geen tas bij zich!' snikt Perry.

'Jongens, even geen geintjes, ik heb echt geen geduld voor zoiets,' probeer ik. Maar Perry houdt vol en bij Alain zie je langzaam iets dagen. Hij voelt eens aan zijn schouder, krabt op zijn voorhoofd, kijkt me stoffig aan en bekent: 'Zou best eens kunnen. Misschien is-ie nog wel thuis. Of in de tram.'

'Wat zat erin?' vraag ik.

'Nou ja,' bedenkt Alain opgelucht, 'in ieder geval niet mijn boek Nederlands. Want dat is verleden maand al gepikt.' Hij leent mijn boek, tegen inlevering van een sleutelbos. Anders gaan die boeken bij mij nog sneller de deur uit dan bij de boekhandel. Want natuurlijk wordt er weleens iets gestolen op school. Er wordt ook weleens vergeten iets terug te geven. Maar heel vaak is het slordigheid. Die middag ruim ik met een aantal collega's de kluisjes uit. De enorme kluizenblokken gaan naar een schoonmaakbedrijf. Alle leerlingen hebben in opdracht hun kluis netjes ontruimd. Tot op zekere hoogte. Sommige zakjes vonden ze blijkbaar te vies om aan te pakken en dat mogen wij nu doen. Een rotte appel in een zak vol kokskleding. Een beschimmelde boterham bij een paar keurige sportschoenen. Er zijn kluisjes van kinderen die naar een andere school zijn vertrokken of kluisjes die dit jaar geen eigenaar hadden. Wat daar allemaal niet uit vandaan komt! Aan het eind van de ronde hebben we zeven koksbroeken, dertien buizen, zeven mutsen, vier halsdoeken, twaalf sloven en een grote doos vol schoenen, kleding, tassen, schoolboeken, pennen, etuis, noem maar op. Allemaal spullen waar moeders ooit naar hebben geïnformeerd.

'Waar zijn die nieuwe schoenen toch gebleven?'

En dan zo'n kind, onverschillig: 'Genakt. Ze nakken alles!'

SNEEUW

De zon staat pal op mijn ramen. Twee kantelraampjes staan op een zielig kiertje: maximale ventilatiestand. De lokaaldeur staat open, ik verbeeld me dat ik een briesje voel. Valerie gaat aan de raamkant zitten en vraagt meteen: 'Mag het gordijn dicht?' Maar als de gordijnen dicht zijn, heb je niet eens meer de illusie dat het doortocht. Bovendien moet dan het licht aan. Dat geeft een massa warmte af. De meegebrachte thermometer wijst 36 graden aan. Ik stel voor om te gaan lezen. Lekker rustig. Zoveel mogelijk naar de schaduw schuiven, heel stil zitten en wachten tot het overgaat.

'Leest u dan voor? Ja, lekker. Net als op de basisschool,' genieten een paar derdeklassers bij voorbaat. Even later heeft iedereen een oude leesmethode voor zich waarin ik een fragment heb ontdekt van Jaap ter Haars *Boris*. De leesmethode ligt zo aan gort, dat ze de kaft kunnen gebruiken als waaier.

Een meisje vooraan valt al na een paar minuten in slaap. Niet iedereen leest mee, hier en daar zitten luisteraars mee te dromen, eentje met een stiekeme duim in haar mond. Valerie steekt haar drinkflesje omhoog en vraagt geluidloos of ze hem mag vullen. Ik knik en lees door. Ze heeft een dunne witte linnen broek aan, heupmodel. Hij schijnt door. Misschien zit er een onzichtbaar minimaal stringetje onder. In deze klas beginnen shirtjes net boven tepels. Ze eindigen even onder borsten. Broeken beginnen griezelig dicht boven schaamheuvels. Soms zie je boven billen een tatoeage, of de bovenkant van hun string piept uitdagend boven alles uit. Tussen broek en shirt veel huid en vaak een vetrol. Ik lees voor hoe Boris en Nadja uitgehongerd door het besneeuwde niemandsland ploeteren. Sneeuw werkt verkoelend. Maar niet voldoende voor de meeste jongens in de klas. Waar meiden onder textielallergie lijden, compenseren heren die afwijking meer dan voldoende. In de hoek puft er eentje languit in een gewatteerd joggingpak. Lange mouwen, dikke spijkerbroeken. Eentje draagt een met bont gevoerd vest en veel jongens hebben een jas over hun stoel hangen. Die gaat aan, zo gauw de bel gaat. Na schooltijd rij ik de wijk uit. Bij de bushalte staan leerlingen. De jongen met het joggingpak heeft zijn capuchon opgezet, zijn arm ligt om de blote schouder van Valerie. Ze steekt wonderlijk af tussen het groepje zwaar gesluierde vrouwen die zelfs in hun sandalen nog dikke sokken dragen. Verderop staan drie Marokkaanse jongens, allen in korte broek en strakke hemdjes. Transseksuele integratie. Een mooi begin.

VOORBEELD

Na de werkweek in de Ardennen wachten we op het bordes op onze collega's en vierdeklassers. Er komt een telefoontje: ze zitten vast in de file. We zetten koffie klaar om de ouders het wachten iets aangenamer te maken. Een uur later dan gepland komt het gezelschap de bus uit. Volgens traditie gaat iedereen het schoolrestaurant in om afscheid van elkaar te nemen. Bovendien krijgen de leerlingen dan de tijdens excursies aangeschafte flessen bier en wijn terug, die ze tijdens de week in bewaring moeten geven om drankmisbruik op de kamers zoveel mogelijk te voorkomen. Vader tegen zoon: 'De auto staat daar. Schiet een beetje op.' Zoon: 'We moeten nog even naar binnen.' Vader: 'Van wie? Jezus, wat een gezeik. Ik sta hier verdomme al een uur. Rot op met die school.'

Bij de diplomering komen alle eindexamenkandidaten binnen om het applaus van ouders en genodigden in ontvangst te nemen en vooraan plaats te nemen. De directeur speecht. De ouders achterin praten daar onbekommerd dwars doorheen, gooien hun plastic champagneglazen op de grond en trappen ze kapot. Drie moeders in de hoek steken giechelend een sigaret op en tikken de as in een palm in de hoek. Voor het officieel ondertekenen van de diploma's gaan de leerlingen met hun mentor naar een lokaal. Leerling: 'Mam, opa, oma, we moeten naar boven. Gaat u mee?' Moeder: 'Ik stik van de hitte. Wij gaan naar beneden. Het is hier veel te warm. Is de bar open?'

Een meisje zit groen uitgeslagen op de administratie. 'Die is echt ziek,' zegt administratrice bezorgd. Moeder is gealarmeerd. Ze komt eraan, heeft ze beloofd. Het duurt een uur. Het duurt twee uur. Nog maar eens bellen. Ja, ze komt er zo aan. Er moest nog wat afgehandeld worden, maar nu stapt ze in de bus. Er gaat een uur voorbij. Twee uur. Weer bellen. Moeder: 'Ja, sorry. Het lukt niet. Stuur maar een vriendinnetje mee of zo.' Vervolgens neemt ze de telefoon niet meer op.

Dit zijn intelligente ouders. Die hebben ooit gelezen dat een puber zich afzet tegen zijn opvoeders. Dus geven ze een slecht voorbeeld, in de hoop dat hun kind zich vervolgens voorbeeldig gaat gedragen. Het lijkt nog te lukken ook, want hun kinderen vind ik vaak wel aardig, lief en redelijk gemanierd.

SUMI

Voor de laatste keer bij elkaar in de klas. Het is iedere keer weer een bijzonder moment. Ik kijk die koppies langs en krijg altijd een beetje kippenvel. Maar dit jaar mis ik er eentje. Zijn moeder zit er wel. Zijn tante ook. Ze komen uit een ver exotisch land en hebben hun mooiste kleren aan. Felgekleurd en bontgebloemd. Vrolijk. Hoewel, de stoom komt uit hun oren. Sumi kwam het hele schooljaar al te laat en ze hebben wat afgetobd met leerplicht en schoolleiding. En nu is die snotneus er weer niet.

'We gaan maar beginnen,' zegt de mentor. Een voor een komen ze naar voren, ondertekenen hun diploma, grijnzen naar de camera van hun moeder en nemen het speldje in ontvangst dat ik mag overhandigen. Eén jongen geeft me onder applaus drie zoenen op mijn wangen en roept dapper: 'Heb ik het hele jaar al willen doen!' Bij de rest hou ik mijn arm iets strakker. Dit is tenslotte een officieel gedeelte. Hoewel het officiële tintje er wat af gaat als Sumi halverwege zijn entree maakt. In pyjama. Moeder en tante kunnen er niet om lachen. Hij zwaait ze toe, wijselijk van een afstandje.

Daarna is het feest. Hoog tijd om mijn nieuwe knellende schoenen in een hoekje te parkeren. Wijntje? Ja graag! De derdeklassers mogen ons bedienen. Gerrie zwaait een serveerblad vol gefrituurde hapjes onder m'n neus en zegt: 'Balletje, mevrouw Van den Berg?' Ik bedank. Hij dringt aan. 'Ik heb ze zelf gebakken!' Ik bedank. Hij dreint door. Dan denk ik: hoor ik dat nu goed? Er is iets in die stem. Ik kijk. Die oograndjes, dat lollige gedrag... 'Bedien de andere gasten maar, Gerrie,' gebied ik. Hij knikt ijverig mee en gaat af gelijk de ober in *Dinner for one*. Die heeft gedronken! En niet zo'n klein beetje ook!

Ze hebben geoefend met biertappen. Zonde om het oefenmateriaal weg te gooien, toch? 'Ik wist wel dat het niet zo'n slim idee was,' snikt een medepleger. De twee daders wachten bibberend op hun ouders, die onderweg zijn om hun onmatige kroost van school op te halen. Gerrie zit over een emmertje gebogen.

Nog een laatste hand van Sumi. Nog een laatste belofte om langs te komen. Weg zijn ze. We kunnen opruimen. Mijn schoenen! Ik vind ze terug boven op de lantaarntjes voor de school en help mee. Het is laat als ik thuiskom. 'Nog iets bijzonders gebeurd?' vraagt man. Ik schud m'n hoofd. 'Nee, gewoon. Als ieder jaar. Leuk.'

LANGER

'We hebben u. Inval. Het staat op het bord.' Er staat een kind voor mijn bureau dat ik alleen ken van de gang. Daar staat dat kind regelmatig.

'Ik bof maar weer,' zucht ik. De klas neemt met tegenzin plaats. En ik ben net zo lekker aan het nakijken.

'Wat hadden jullie moeten hebben?' vraag ik. De meeste kinderen kijken me ontsteld aan. Zulke ingewikkelde vragen op de vroege ochtend. Weten zij veel? Maar in iedere klas zit iemand die het rooster wel op een rijtje heeft. Die schreeuwt: 'Economie!'

Nu zit iedereen ineens op het puntje van zijn stoel. Ze kijken me aan. Klaar voor de aanval. Want dat mens achter dat bureau moet nu niet denken dat ze met z'n allen aan hun economie gaan. Tot hun opluchting zeg ik: 'Tja. Daar weet ik niks van. Dat is iets met cijfers. Ik ben van de letters.'

Onderwijl leg ik mijn nakijkwerk opzij. Dat wordt niks meer. En een klas vol kinderen die ik niet ken voor zichzelf laten werken, is ondoenlijk. Na tien minuten al zou het lawaai tot orkaankracht aanzwellen. Nu ze toch stil zijn, kan ik beter mijn speciale programma taalgrapjes afdraaien. Leerzaam en toch leuk. Zoiets.

We beginnen met klinkers en medeklinkers. Suf hoor. Iemand gaapt hoorbaar. Een woord met veel medeklinkers achter elkaar? Nou, meer dan drie zal toch zeker niet kunnen? Wel? Ze puzzelen mee. Er komt een reeks op het bord waar iedereen enthousiast aan meewerkt. Bij de laatste, angstschreeuw, maar liefst acht medeklinkers, krijgen ze er echt lol in. Aan de klinkers dan maar. Ook daar komen we een heel eind en ze snappen mijn weerzin tegen de nieuwe spelling als ik laat zien dat daarmee een eind kwam aan de kroon op de klinkerreeks, het woord: papegaaieëieren. Zeven klinkers achter elkaar! Prachtig. Maar ja, toen kwam de tussen-n. Weten ze dan misschien een woord van twaalf letters zonder klinkers? Kan dat niet? Jawel. Zandweggetje. Ja, die is flauw. Dus gaan we over op het werkwoordelijk gezegde. Wie weet het allerlangste gezegde? Ik vertel een verhaal waarin ik wegloop voor iets heel griezeligs en me vervolgens verdedig met: 'Ik zou jou weleens willen hebben zien durven blijven staan kijken!'

'Langer kan niet,' vertel ik. Zeker weten. Daar zet ik een slagroomtaart op. De volgende dag staat Thomas uit de invalklas naast mijn bureau. Hij schuift een blaadje naar me toe en zegt: 'Ik vond dit op het internet.' Ik lees: 'Ik zou liever in plaats van ik zou jou weleens willen hebben zien blijven staan kijken hebben willen zien durven blijven staan kijken hebben willen zeggen.' Ik wed nooit meer.

KANS

'Deze week uiterlijk lever je al je werkstukken in voor ckv. Denk erom, wie zijn ckv niet voldoende afsluit, krijgt volgend jaar geen diploma!' dreig ik mijn mentorklas. Het is geen loos dreigement. In het derde leerjaar sluiten ze het verplichte vak cultureel kunstzinnige vorming af. Wie daar geen voldoende voor haalt, heeft in de vierde klas geen complete cijferlijst en dus ook geen diploma. Die moet dan genoegen nemen met certificaten.

'Dus door dat stomme vak krijg ik straks geen diploma,' moppert Dylan. Hij staart vol weerzin naar het bord. Daar heb ik alle leerlingen op gezet met daarachter alle werkstukken die onvoldoende zijn of in het ergste geval zelfs totaal ontbreken.

'Denkfout,' werp ik tegen.

'Door dat stomme mens van ckv krijg ik straks geen diploma,' corrigeert hij.

'Domme denkfout,' schud ik. Maar ik ben ook de kwaadste niet, dus ik laat een aantal beschermelingen voor wie een diplomaramp dreigt in het computerlokaal aan een ckv-opdracht werken. De rest van de klas werkt in mijn lokaal en ik pendel heen en weer ter controle. Als ik in het computerlokaal achter Dylan langs loop, zie ik het meteen. Dat is geen werken aan je werkstuk! Dat is msn. Die zit lekker via msn te chatten met vriendjes en vriendinnetjes! Wel verdorie! Ik besteed er weinig woorden aan: 'Afsluiten en terug naar je klas.' Zwijgend voert hij de opdracht uit. Na afloop van het uur roep ik hem bij me.

'Dylan, vertel maar. Ik geef je een kans en dan...?'

'Ik kon die website niet openen en ik was maar heel even op....'

'Interesseert me niet. We beginnen opnieuw. Ik geef je een kans en dan...?'

'Dan geeft u me straf.'

'Mis. Je moest terug naar het lokaal. Daar zat de rest van je klas ook. Die hadden geen straf. Die hadden les. We beginnen opnieuw. Ik geef je een kans en dan....?'

'Dan ontneemt u me die kans en nu haal ik geen diploma.' Uitdagend kijkt hij me aan. Ik voel woede opkomen. Staat-ie nog steeds doodleuk het slachtoffer te spelen! Ik kijk strak terug en herhaal kalm: 'Nog een keer. Ik geef je een kans en dan...?' We staren elkaar aan. Ik win. Dylan slaat ineens zijn ogen neer en zegt: 'En dan verpest ik die kans.' Hè hè. Da's een mooie stap. Zelf verantwoordelijk zijn. Niet wijzen naar een ander. Eigen keuzes maken. Superlesje voor Dylan. Nu zijn ckv nog.

KATAPULT

'Even de spullen ophalen, jongens. Opdracht: katapult. We moeten een record verbeteren. Lekker naar buiten.' Een paar brave tweedeklassers sjokken naar de stapel brandhout en het kratje met touw en binnenbanden.

'Naar het grasveldje,' zwaai ik. Het lijkt te werken. Maar langzaam. Het is 30 graden, de zon brandt en niemand heeft onder deze omstandigheden echt zin in een katapult. Maar het moet. Dit is de themaweek techniek. Algemene technieken zijn verplicht, dus niet mekkeren. Technisch doen. Collega geschiedenis stort neer onder een boompje dat een zielig beetje schaduw geeft. Hij krijgt meteen gezelschap.

'Kijk uit voor dat glas,' wijs ik. 'En de hondenstront,' vult hij aan. Ik zie het. Ik ruik het. Die lucht zit in ieder sprietje van dit treurige veldje midden in de grote stad. Ik ruik aan mijn vingers, waarmee ik net wat glasscherven heb verplaatst. 'Nou ja, toch lekker buiten,' hou ik vol.

Een groep gangmakers verzint een constructie. Ze moedigen elkaar aan. 'Kom op, vieze padklojo! Jij kan toch knopen leggen?' 'Veel te los, eikel. Sjonge, kan je dan helemaal niks?' Geschiedeniscollega is herrezen en geeft aanwijzingen. 'Daar komt de druk als je de volleybal wegschiet.' Ik neem de volleybal in beslag omdat je er niet mee mag voetballen. Die bal stinkt nu ook. Mijn handen nog erger. Mijn schouders branden.

'We gaan hem proberen! Yorick mag schieten,' roepen ze opgewonden. Yorick is geselecteerd vanwege zijn spierballen. Hij ziet er beter uit dan het toestel naast hem. Na het eerste experiment blijkt al dat er een hoop te verbeteren valt. Ze schreeuwen en bouwen en breken.

Op een afstandje staan de meisjes. Die pruilen.

'Doe mee! Toch lekker, buiten?' moedig ik aan. Ze halen hun schouders op. Meedenken? Met een katapult? Mogen we even water halen? Mogen we naar de wc? Waarom hebben we niet gewoon les? Het is hier zo warm. Er ligt glas. Ze kijken misprijzend om zich heen.

Tot Yorick steeds verder gaat schieten en het record van de concurrerende tweede klas dreigt te verbeteren. Ze gaan erbij staan en vuren hem aan. Af en toe slaan ze hun armen om zijn middel, zodat hij de fietsband nog verder kan uitrekken. Ze aaien over zijn spierballen. Toch leuk, die katapult. Maar wat wordt u rood! Ze wijzen op mijn vel, dat niet gewend is aan zoveel zon.

Dan komt het superschot. Yorick laat precies op het goede moment los, de bal maakt de perfecte curve, scheert over het gras, en dan... Dan komt Giovanni net terug van de wc. Hij wandelt over het veldje, steekt zijn handen uit en vangt de bal. Iedereen gilt verontwaardigd. De bel gaat. De tijd is om. We sjokken terug. Stinkend. Verbrand. Mislukt. Lekker naar binnen.

TOETS

Brian is woest. Net al zo'n stomme leesopdracht bij Duits en nu kom ik ook nog eens met een stapel teksten langs. 'Fuck,' mompelt-ie. En ineens, in een helder moment: 'Hebt u die toets wel opgegeven?'

'De vorige les hebben we de voorbereiding afgesloten en toen heb ik gezegd dat we vandaag gingen toetsen. Maar je kunt hier toch niet voor leren,' zeg ik geduldig. Die toon is heel belangrijk. Als ik maar even mopperig klink of verongelijkt of neerbuigend, dan heb ik vuurwerk op de bank linksachter. Geduld en liefde slaan elke opstand neer. Hij zakt achterover, zijn stakerige benen ver onder de stoel van zijn voorbuurvrouw. 'Lekker rechtop,' raad ik goedig aan. 'Dan krijgen je hersens meer ruimte.'

Het stille gevecht begint. De klas werkt. Geconcentreerd. Behalve Brian. Die knokt tegen een pen die hapert, papier met een vetvlek, vreselijke teksten en opgaven die hij zo door elkaar husselt dat hij er geen logica meer in kan ontdekken. Ik loop langs en leg de bladen voor hem op volgorde. Dat is aardig van me. Hij mompelt dan ook: 'Dank u.' Op zijn shirt staat: *Get out of my life. Don't think for me. Set me free!* Brian lijdt. Hij lijdt aan mij, aan het schoolsysteem en aan alle volwassenen om hem heen. Hij wil muziek luisteren met titels als 'Spit you out', 'The night of the loving dead' en 'Immortally insane'. Dat is pas leven. Nu moet hij vragen beantwoorden over een tekst met de deprimerende titel *Montignac tegen jeugdvet.*

Vechten tegen onwil en tegenzin kost tijd. Veel tijd. Hij krijgt die toets niet af. Ik zeg: 'Als de bel gaat, mag je je werk inleveren en zachtjes weg. Als je nog niet klaar bent, blijf je doorwerken. Brian? Colin? Rustig aan.' Colin knikt dankbaar. Die zat al te schuiven bij het idee dat hij de laatste vragen zou moeten gokken. Brian vliegt op. 'Mijn pauze!'

'Je toets. Neem je tijd,' sus ik. De laatste tekst. Hij leest vol walging. 'Rimpels? Gebruik je verstand!' Er volgt een langdradig exposé over antirimpelcrème. Ik las het met verbazing. Vitamine E irriteert de huid, waardoor die licht zwelt. Door de zwelling zijn oppervlakkige rimpels minder zichtbaar. Verhip. Zo werkt dat dus. Maar ik snap ook dat Brian daar geen enkele boodschap in kan ontdekken. Hij tobt door. Alinea 6 en 7 vormen een a. opsomming, b. tegenstelling, c. oorzaak en gevolg, en nog meer vreselijke vragen.

Colin schuift tevreden zijn papieren in elkaar en levert alles in. Brian kijkt niet op. Eindelijk werkt hij volledig geconcentreerd. Ik bedenk dat ik straks nog ergens een broodje moet regelen. Anders haal ik het eind van de dag niet. Tien minuten voordat de pauze om is, staat Brian op. Hij grabbelt zijn papieren bij elkaar, loopt naar voren en klapt alles in een rommelig hoopje op mijn bureau. Ik zeg: 'Is goed zo. Ik zoek het straks wel uit. Snel een broodje halen.' Hij knikt stuurs. Voordat hij de klas uit loopt, zeg ik: 'Brian, je weet toch waarom ik je in de pauze heb laten doorwerken, hè?' Hij staat al in de gang als hij zich omkeert. Vlak voordat hij de deur dichtklapt, kijkt hij me grijnzend aan en zegt: 'Ja. Dat weet ik. Omdat u van me houdt.'

ENGELS? COME ON!
WHO NEEDS FUCKING
LES IN ENGELS?
DEZE MOTHERFUCKER
DIGT ENGELS AL JAREN,
BITCH

TAAL

'Kijk,' wijs ik Ferry. 'Je let weer niet op je HOOFDLETTERS!!!' Ik kalk op zijn papier en hij knikt. 'Nu hang je dit boven je bed of op de wc,' beveel ik. 'Dan zie je het iedere dag en vergeet je het nooit meer.' Hij loopt terug naar zijn bank en ik kijk toe, tevreden over zoveel didactisch inzicht. Nakijken. Heel belangrijk. Maar soms stapelt het werk zich een beetje op. Het eindrapport nadert. In één klas heb ik nauwelijks iets getoetst en omdat dat niet eerlijk is, gooi ik er nog gauw een extra opdracht in. Dat betekent een stapel nakijkwerk die ik toch gauw schat op een uurtje of drie. En dat na al het examenwerk dat een heel weekend verknalde: zestien uur! Het weekend daarop kwamen de enveloppen met werk van andere scholen voor de tweede correctie. Dat was sneller klaar. Al na zes uur kon de stapel retour. Nou ja, ik mag niet klagen. Voor die tweede correctie krijgen we extra betaald. Maar liefst per stuk. Er is alleen een maximumbedrag. Ik geloof iets van vijfendertig euro. De leerkrachten van onze school dumpen dat in een potje voor calamiteiten, want het bedrag slaat nergens op. Maar ja, Nederlands geven betekent veel nakijken. Hoewel... Laatst las ik een interview met een vakbroeder van me. Die was dol op zijn vak, maar dat nakijkwerk vond hij een minpuntje. Dus maakte hij alleen maar meerkeuzetoetsen. Hij zag daar ook wel de nadelen van. Zijn leerlingen schreven geen brieven. Ze maakten geen creatieve schrijfsels. Ze leerden hun gedachten niet op papier te zetten. Maar het bespaarde hem enorm veel tijd.

Die opstelling tast alles aan wat voor mij het vak Nederlands belangrijk maakt. Taal en communicatie is de basis van alles. Daar kun je met alle nieuwe ontwikkelingen nauwelijks iets aan veranderen. Overdracht van kennis is voor een groot deel overdracht via gesproken of geschreven taal. Als je onvoldoende aandacht besteedt aan taal, dan ondermijn je het niveau van je leerlingen op alle gebieden. Dus ik kijk na. Inwendig mopperend, dat wel. Maar ik blijf het doen. Het liefst met de schrijver naast me, zodat die meteen kan zien waar de fouten zitten. Daar leer je van. Neem nou Ferry. Nakijken. Heel belangrijk.

Aan het eind van het uur ruim ik het lokaal op. Onder Ferry's bank ligt een prop en ik herken dat handschrift meteen. Dat is van mij. Daar staat: HOOFDLETTERS!!!

FILM

In mijn agenda staan rijen cijfers. Die moet ik middelen. Brrrr. In tijdnood besluit ik een lesuur aan dit karwei op te offeren. Ik leg het klas 2A uit. Als ik de titel van de film op het bord schrijf, klinkt gemor. *De kleine blonde dood*, verfilming van het gelijknamige boek van Boudewijn Büch. Nederlandse film. Bah. Met Anthonie Kamerling? Nou vooruit dan. Het lokaal vult zich met muziek en beeld. Mag-ie nog iets harder? Nog ietsje dan. Hun geluidsniveau ligt anders dan het mijne. Zo goed? Ze kijken. Ik reken.

Na een paar minuten al gaat er een zucht van ontzetting door de klas. De vaderfiguur heeft een oorlogstrauma en schreeuwt vreselijke teksten. Ik kijk mee, geef commentaar om de scherpe kantjes eraf te halen. Dat helpt. Ik kan doorgaan met rekenen. Totdat de vader zo'n tirade afsteekt op de Duitsers dat ik wel moet opstaan om het geluid te dimmen.

'Het is wel een wreed verhaal,' vindt er eentje.

'Gestoord gewoon,' knikt een ander.

Is dit wel een verstandige keus, vraag ik me af. Maar de scènes uit de jeugd zijn gelukkig achter de rug. Anthonie Kamerling steelt de show. Ik werk door en bereken cijfers.

Het taalgebruik van de hoofdpersoon is helemaal van deze tijd. En die tv staat nog altijd behoorlijk hard. Als je in een Amerikaanse film om de twee woorden 'fuck' hoort, is er niks aan de hand. Maar als Nederlandse acteurs telkens 'neuken' roepen, klinkt dat heel anders. 'Nounou,' mompel ik bij de eerste keer, en ik kijk meteen naar de deur. Want ik heb plotseling een duidelijk visioen van mijn directeur die een delegatie van het ministerie van Onderwijs rondleidt. Er staat natuurlijk niemand, maar ik zit niet echt rustig meer. In de film wordt de taal steeds grover en die Kamerling staat ineens met een juffrouw in een telefooncel voorbereidende bewegingen te maken. Ik schiet omhoog en roep: 'Ik spoel even door!' De klas brult van het lachen. Net als ik bij de tv ben, komt er een jeugdherinnering in beeld.

'Gelukkig,' blaas ik. Ze stellen me gerust. Zo geschokt waren ze nu ook niet, hoor. Nee, maar ik wel. Ik zit. Pak m'n rekenmachine. Hoor gegniffel. Kijk op. Daar is die verrekte telefooncel weer en de voorbereiding is totaal achter de rug. We krijgen nu het serieuze werk in beeld. 'Allemachtig,' schrik ik, en ik vlieg omhoog. Te laat. Het beeld is alweer weg. Aan het eind van het uur heb ik een intervaltraining achter de rug waar atleten een puntje aan kunnen zuigen.

'Dat was een leuk lesuur,' prijst 2A grijnzend. Ik ben kapot. Nu al die cijfers nog.

OMKOPEN

'We moeten zeker schoonmaken?' kreunt Nino. 'Want onze boeken zijn al ingeleverd!' Hij heeft gelijk. Hij heeft met zijn klasgenoten al de hele ochtend staan boenen in de bakkerij en nu is mijn lokaal aan de beurt. In de vakantie gaat de vloer in de was, dus alles moet aan de kant. Bankjes soppen en kauwgom van de onderkant afsteken met plamuurmessen. De discussie over de redelijkheid van hun taak is al bij diverse leerkrachten gevoerd. Waarom huurt school niet gewoon een schoonmaakbedrijf? Simpel. Dat is zo duur dat we dan de ouderbijdrage moeten verdubbelen. Bovendien is in een horecaopleiding de hygiëne heel belangrijk, dus vormt al dat boenen en poetsen een belangrijk deel van hun opleiding. Einde discussie. Aan het werk. Maar een beetje mopperen mag. Ik sta voor een dilemma, want ik heb een nog veel erger klusje voor ze dan een beetje boenen. Ik neem in een seconde een beslissing. Ik neem die tafels zelf wel af en vergeet voor een jaar de kauwgum. Ik roep stralend: 'Ik heb een verrassing! Jullie hoeven bij mij niet schoon te maken!' Ze kijken me verbaasd aan. Top zeg! Wat aardig. Eindelijk een leerkracht met begrip. 'Maar jullie moeten wel iets anders voor me doen,' vervolg ik. Ik schrijf de instructie meteen op het bord: 'Mijn tafels en stoelen gaan naar lokaal 208 en alle stoelen en tafels uit lokaal 209 komen hierheen.' Ze kijken me radeloos aan. Die twee lokalen zijn een verdieping hoger. Dat betekent dat alles in dit lokaal twee trappen omhoog moet. En alles uit het andere lokaal omlaag. Voor die trappen zitten zware deuren die je met je armen vol niet open krijgt.

'Lokaal 209 krijgt nieuw meubilair. Wat er nu staat is redelijk nieuw. Ik ben er hartstikke blij mee,' leg ik uit. Nou ja, aan dat soort malle emoties bij de inventaris van een lokaal hebben ze natuurlijk geen boodschap. Ze storten met veel gevoel voor drama totaal in. Wat nu? Mijn hersens draaien op topsnelheid.

'Als het klaar is, trakteer ik iedereen op iets uit de snackbar,' bied ik aan. 'IJs of zo. Of een patatje. Oké?' Dit staat in geen enkele didactische handleiding. Dit is wanhoop. En het werkt. Patat. IJs. Dat is tenminste iets. Je ziet ze denken. 'Patat mét?' onderhandelt Nino. Ik knik: 'Deal.' Ze komen overeind en gaan aan de slag. Even later zitten mijn leerlingen innig gelukkig in de snackbar. Volgend jaar begin ik in mijn nieuw ingerichte lokaal een lessenserie over gezonde voeding en over persoonlijke integriteit, waarbij ik benadruk dat je je nooit moet laten omkopen.

SCHOOLHOND

Gymleraren komen van een andere wereld. Een wereld waarin je niet klaagt over vermoeidheid, maar doorgaat tot je erbij neervalt. Een wereld waarin mensen het leuk vinden om honderd kilometer hard te lopen om zich vervolgens in het water te werpen voor vijftig kilometer borstcrawl. Het hoofd van onze gymsectie houdt van fietsen. Hij heeft de juiste kuiten en een helm. Je ziet hem opbloeien als hij op zijn racefiets springt. Prima natuurlijk. Iedereen zijn hobby. Ik hou van lezen. Doe je ook niemand kwaad mee. Maar gymleraar organiseert de jaarlijkse fietstocht. Dan gebeurt er wel iets vreselijks. Want dan moeten al die stadse kinderen, die dagelijks in een tram stappen, op een gehuurde fiets de natuur in. Met een routebeschrijving. Die stoppen ze in hun tas. Ze volgen de bijdehandste van de klas, die vooropfietst. Ze leven in de veronderstelling dat die de weg weet. Maar bijdehand doet ook maar wat. Dus zitten juf Engels en ik op de afgesproken controlepost zonder ook maar een kind te zien.

'Dat duurt wel lang, hè?' informeert Engels, als we na een uurtje of twee alle schoolroddels hebben doorgenomen en de neiging krijgen er een paar bij te verzinnen. We gaan maar eens bellen. Gymleraar neemt zuchtend op. 'Op de beschrijving staat dat ze na het bruggetje rechtsaf moeten en ik zie hele colonnes links afslaan,' meldt hij.

Eindelijk horen we stemmen. Een stroom fietsers weet ons te

vinden. We laven de dorstigen met frisdrank en voeden de hongerigen met glacékoeken. Het troosten van de radelozen en het bemoedigen van de wanhopigen is de speciale taak van Laska, mijn labrador-omaatje van ruim elf jaar oud.

'Jij hebt het warm, hè? Ik ook,' fluistert een brugkabouter in Laska's oor. Hij is dicht naast haar op de plaid gekropen en heeft zijn arm om haar heen geslagen. Hij krijgt meteen een dankbare lik in zijn oor. Zij krijgt stiekem een stukje van zijn glacékoek.

Aan het eind van de middag vinden we elkaar bij de barbecue en horen de verslagen van kinderen die de route drie keer hebben afgelegd voor ze in een sateetje konden happen. De gymsectie hoort het glimlachend aan. Je ziet ze denken: goed voor de vorming van je karakter. Laska luistert mee en krijgt knuffels en verboden stukjes hamburger.

'Zullen we een gymmeneer inruilen voor een schoolhond?' stelt juf Engels voor, onder de indruk van de rustgevende uitwerking van Laska's aanwezigheid. Ik knik meteen. 'Goed idee. Die met die kuiten.'

MIST

'Mag ik naar huis?' vraagt Jessica. Ze staat voor me. Inwit koppie. Beetje groenig zelfs. Ze hoest nog eens overtuigend in mijn gezicht en kijkt me troebel aan.

'Ga je maar gauw afmelden,' knik ik. De griep waart rond. Op de absentenbriefjes moet ik zoveel namen aankruisen dat ik met een paar klassen lekker bijklets en maar niet aan nieuwe onderwerpen begin. Is Igor ook al naar huis? Gekotst op zijn tafel? Sjonge. Bij wie? Bij Duits? O jeetje. Als er iemand niet lekker wordt, geef alsjeblieft een seintje, oké? Dan breng ik je de prullenbak. Ik zet hem alvast naast me.

Ik zit lekker op een tafel, mijn voeten op een stoel. Dat geeft overzicht. We babbelen over de afgelopen week en iedereen doet mee. Vlak voordat de bel gaat, word ik misselijk. Zo misselijk dat je er niet meer bij wilt praten.

In dikke mist rij ik naar huis. Diezelfde mist blijkt rond mijn bed te hangen. Hardnekkige mist, die twee dagen lang niet optrekt. Af en toe doemt in de nevel de rand van het plastic emmertje op. Als ik na een paar dagen voorzichtig een beschuitje in de slappe thee doop, kan ik me niet voorstellen ooit weer zin te krijgen naar school te gaan. Moe. Naar hoestje. Blaaah. De baas belt dagelijks en dan kreun ik wat door de telefoon. Onderwijl bedenk ik mooie zinnen voor een ontslagbrief. Nooit krijg ik genoeg energie terug om voor de klas te kunnen staan. Van de gedachte word ik al moe. De mist is volledig naar binnen geslagen en vormt een depressief front tussen mijn oren.

Vrijdagmiddag gaat de bel. Daar staat Kaj uit de vierde klas. In zijn handen een enorme bos bloemen en in zijn hanenkam een pot gel.

'Hier. Beterschap,' zegt-ie bondig. Hij had maar vier euro, dus hij had het die bloemenman uitgelegd. Dat zijn juf ziek was, ja. Die man had nog geopperd dat het was om te slijmen voor een hoger cijfer. Onzin natuurlijk. Hij had gewoon gezegd: we gaan goed met elkaar om. Ja toch? En dat ze nou toch wel lang ziek was. Vandaar. Aan de bos kan ik zien dat de bloemenman net zo onder de indruk was als ik. Zoveel bloemen voor vier euro!

'Als ik wist dat je het op prijs zou stellen, zou ik je nu zoenen,' verklaar ik ontdaan. Kaj grijnst tevreden en stapt weer op zijn scooter.

Als ik de bloemen in een vaas zet, verandert de mist in een lichte regenbui. Ik laat de druppels over mijn wangen lopen en bel de baas: 'Maandag ben ik er weer.'

POOIER

De kantine is donker. Vooraan zitten de meisjes uit de derde klas. Daarachter zitten de jongens. De schijnwerpers gaan aan. Voor een geplooid zilverkleurig gordijn zit een meisje in een wit jurkje. Ze begint te vertellen. Nancy heet ze. School? Vindt ze niks an. Moeder? Die schreeuwt alleen maar. Pa? Die woont bij zijn vriendin. Ze heeft een vriendin, ja. Maar die heeft nu een vriendje. Jongens zien haar niet staan. Nee. Ze is te gewoon. Te saai. Nou ja. Lekker boeiend. Pfff. Tot die ene avond. Haar ogen stralen als ze het vertelt. Robbert sprak haar aan in een kroeg. 'Wat doet zo'n mooi meisje als jij hier alleen?' Saaie Nancy transformeert voor onze ogen in een mooie meid. Robbert is verliefd op haar! Hij vindt haar fantastisch en hij zoent haar waar iedereen bij is. Nancy heeft niemand meer nodig. Haar moeder niet, school niet... Ze heeft Robbert toch?

Theater A la Carte speelt *Nancy en haar loverboy.* Onze kinderen kijken toe en doen mee aan de discussie tussen de scènes door. Die discussie wordt geleid door maatschappelijk werkster Marja. Ze werkt in een opvangproject voor slachtoffers van loverboys en noemt man en paard. 'Wat denk je dat Nancy moet doen? Nu Robbert even geen geld heeft voor mooie cadeautjes? Ja. Inderdaad. Nancy moet zijn vriendje neuken. En die Robbert heeft ineens wel een heleboel vriendjes. Dus? Juist. Ze moet de hoer gaan spelen.' Snoeihard vertaalt ze wat we op het podium versluierd zien gebeuren. Nancy houdt van Robbert en droomt over een huis en over kindertjes. De realiteit is anders. Onderwijl raakt ze steeds dieper verzeild in de prostitutie. Marja vertelt uit de praktijk. 'Sommige meiden zijn getatoeëerd. Maar niet op de officiële manier. Met een mes. Dan heeft die loverboy zijn initialen in hun buik gekerfd. Of op hun borsten. Of op hun schaamlippen. Dan kan er geen misverstand ontstaan. Ze zijn van hem. Gebrandmerkt en al.'

Een kreet van afschuw golft door de kantine. Hoe kun je zover komen? Dat demonstreert de loverboy dan nog maar eens. Heeft iemand je weleens gezegd dat jouw ogen zo spreken? Jij vertelt gedichten met je ogen! En jij. Jij bent slim. Veel slimmer dan iedereen denkt. Ze onderschatten jou allemaal, hè? Ik niet. Ik zie meteen hoe intelligent jij bent. Met jou zou ik willen praten tot diep in de nacht...

Ze zijn gewaarschuwd. Alle jongens en vooral alle meiden. Confronterend en glashelder. De prins op het witte paard is een pooier en wie al vijftien jaar oud is, moet niet in sprookjes geloven.

ENGELS

Ik heb regelmatig een slapende leerling. Misschien ben ik een slaapverwekkende leerkracht. Of geef ik een vak waarbij een normaal mens niet wakker kan blijven. Alles is mogelijk. Zelf vind ik Nederlands het allerleukste vak op de hele wereld. Als het goed is, vindt iedere leraar dat natuurlijk van zijn eigen vak. Maar sommige mensen vallen in slaap bij Nederlands. Mijn echtgenoot stort meteen in diep geronk als ik hem voorlees uit Joop ter Heul. Ik heb alle delen zeker twintig keer gelezen en kan er nog steeds om snikken van het lachen. Manlief niet. Die ziet het als ultiem slaapmiddel.

Laatst had ik er weer eentje in de klas. Ik zag dat koppie al langzaam zakken tot op haar armen, maar deed alsof ik niets zag. Vanuit mijn ooghoeken zag ik haar besluiten: even maar. Eventjes mijn ogen dicht. Een tel later was ze diep in slaap. Ik leg altijd briefjes op de bank van slapende kinderen. Daar staat dan op: 'Vanavond op tijd naar bed!' Of: 'Wij zijn pauze houden. Welterusten!' Als de klas doorkrijgt wat er op het papiertje staat, gaan ze giebelen en meestal wordt het slachtoffer daar wakker van. Nog maar één keer kon ik inderdaad op mijn tenen met klas en al wegsluipen en door het raam toekijken hoe het slachtoffer verbijsterd ontwaakte.

Ik heb collega's die boos worden op slapers. Ik niet. Ik heb alle begrip. Ik ken het verschijnsel van plotseling prikkende ogen en de dringende behoefte aan een middagdutje. Bovendien heeft recent onderzoek aangetoond dat pubers tien uur slaap per dag nodig hebben. Ze maken een enorme groei door, zowel lichamelijk als geestelijk. Dat vraagt heel wat energie. Alleen worden ze een uur láter slaperig dan een volwassene! Dus ik stort om een uur of elf in en mijn leerlingen zitten rustig tot ver na twaalven televisie te kijken of te computeren! De onderzoekers concludeerden: laat pubers slapen van twaalf uur 's nachts tot tien uur 's ochtends. Dwing je ze in een ander ritme, dan zijn ze de hele dag moe.

Die conclusie verklaart veel. Want er zijn leerlingen bij van wie ik me afvraag of ze ooit wakker zijn. Zo kwam ik laatst een oud-leerling tegen die jubelde: 'Ik vond uw lessen altijd de leukste van de hele school! Dank zij u ben ik nog steeds goed in Engels!'

KONIJN

Er zijn leraren met de uitstraling van een dood konijn. Ik heb daar vroeger ook weleens les van gehad. Ik herinner me nog goed een leraar economie die al vermoeid raakte als hij ons alleen maar zag aankomen. Hij vond mijn klas te druk voor zijn muzikale brein. Als je dan bedenkt dat ik op een strenge christelijke school zat, waar meisjes verplicht een rok aan moesten, kun je je voorstellen hoe gevoelig die man was.

'Maak de opdrachten bij hoofdstuk 2,' hoorden we hem soms onduidelijk mompelen. In iedere klas zit wel een kind dat zelfs bij een dood konijn blijft opletten, zo ook in de onze. Die riep dan: 'We zijn halverwege hoofdstuk 3!'

'Dan maak je dat af,' snauwde de man dan ongeduldig. Pas nu besef ik dat zijn inspiratie voornamelijk voortkwam uit alcohol tijdens de optredens met zijn bandje en dat je zijn overgevoeligheid ook gewoon een kater kon noemen. Die man werd na een jaar ellende geruisloos afgevoerd. We kregen een ander die wel van zijn vak hield en ook nog eens bereid was moeite te doen om het ons uit te leggen.

Tegenwoordig is het een hele toer om een leraar economie te vinden. Er zijn plannen om docenten die een zeldzaam vak geven extra te belonen. Het dode konijn van toen houdt nu niet alleen gewoon zijn baan, als die onzalige beloningsplannen doorgaan, krijgt hij er ook nog meer voor betaald dan een bevlogen leraar in een vak waar toevallig wel genoeg bevoegden van rondlopen! Griezelig idee.

Moet er dan maar niks gebeuren met de salarissen in het onderwijs? Zeker niet. In 1954 gingen de journalisten de straat op om te demonstreren voor hun cao. Ze verdienden ongeveer 10 procent minder dan leraren, een beroepsgroep waarvan ze de maatschappelijke status vergelijkbaar vonden. Nu, ruim een halve eeuw later, is dat plaatje totaal omgedraaid. Leraren lopen alleen veel verder achter op journalisten dan die 10 procent. En je ziet ook aardig geïllustreerd dat status wel degelijk afhangt van inkomen. Journalistiek heeft meer status dan onderwijs. Het woord 'lesboer' is niet zomaar uit de lucht komen vallen.

Dus: fors omhoog, die salarissen. Over de hele linie. Verhoog de status van de onderwijsgevenden. Dan willen veel jonge mensen het onderwijs in en kunnen we dode konijnen blijven ruimen. Want als je die laat liggen, rot de kwaliteit van je onderwijs snel weg.

KWATTEN

Hoestbui. Hees. Nathalie gooit me een dropje toe. Ik mis. Ik buk. Veeg het dropje af aan mijn mouw en steek het in m'n mond. De hele klas loeit vol afgrijzen. Dat is vies! Hè? Is dat vies? Dit is juist goed voor je weerstand! Stomverbaasd kijk ik naar mijn klasje. Daar zit een stelletje viezeriken van de eerste orde. En die hebben een oordeel over mijn afgeveegde dropje. Terwijl ik een keurige juf ben met van tijd tot tijd zelfs een parelketting om. Ik bedoel maar.

Voor de duidelijkheid zet ik al hun viezigheid op het bord. Om te beginnen douchen ze niet na de gymles. Ja, het zal allemaal wel dat je voetschimmel kunt oplopen en dat je haar niet meer zit als het nat wordt, maar ik krijg vervolgens kinderen aan mijn bureau die sterk ruiken naar Zwitserse kaas. Ik weet wel leukere luchtjes. 'En ik vermoed dat sommigen niet eens een schoon shirtje aantrekken na de gymles,' somber ik. Dat doet natuurlijk niemand, maar ze wijzen zo in het rond dat ik genoeg weet.

'Punt twee,' som ik op. Kauwgom. Kauwgom onder de tafels. Kauwgom onder de stoelen. Kauwgom op de vloer. Wanneer gaan scholen de schoonmaakkosten eens verhalen op de fabrikanten van kauwgom? Samen met overheidsbedrijven kunnen we via de rechter toch wel een vuist maken? Want die ene mens die zijn kauwgum altijd in een afvalbak gooide, is vorig jaar overleden. En ik kauw er niet op. Ik vind er niks aan.

Tijdens mijn toespraak zie ik twee leerlingen onder het tafelblad voelen. Dus ik weet nu al dat ik die straks even iets moet laten weghalen! Maar eerst mijn grootste frustratie: kwatten. Waarom kunnen jonge mensen hun spuug niet meer doorslikken? Is dat ineens verboden of zo? Het lijkt wel of iedereen geplaagd wordt door een overmatige slijmproductie. Ze kwatten allemaal. Grote rochels slijm. Misschien is het wel in navolging van beroepsvoetballers, want die kunnen er wat van. Elftallen vol lama's in breedbeeld. Van mij mag de scheidsrechter iedereen die kwat een rode kaart geven. Eruit met die smeerlappen.

'Slijm doorslikken is vies,' probeert een dappere kwatster. Ik vraag: 'En zoenen met een vriendje dat vlak daarvoor vreselijk heeft staan kwatten?' Dat beeld levert gegniffel en voldoende griezelende koppies.

'Wie vindt mijn dropje nu nog vies?' vraag ik. Eén vinger verschijnt. Het is Peter. Hij vertelt dat Zwarte Piet op zijn basisschool al niet meer mocht strooien. Vanwege de hygiëne. Ik stort in en herhaal geschokt: 'Niet meer strooien?' Peter schudt zijn hoofd en zegt troostend: 'Maar kwatten is ook wel een beetje vies.'

VAN DEN BERG STORT IN!

'Ik had nog zo gevraagd om een beetje rustig te zijn. Ik barst van de koppijn.' Buuf Engels staat voor me. Wit koppie, tranen in haar ogen. Ik kon haar klas door de muren heen horen, het vorige uur.

'Was dan in bed gebleven, buuf,' brom ik. Maar nee, dat kan niet. Buuf telt op haar vingers haar verantwoordelijkheden af: repetities, leerlingen die hun mondeling mogen herkansen en een oudergesprek in haar pauze.

'Je wordt een beetje groen,' zie ik. 'Dat komt door de teleurstelling. Zelfs de liefste klas houdt geen rekening met me,' fluistert buuf.

'Ze bedoelen het niet persoonlijk,' troost ik. Buuf kijkt me scheel en kritisch aan.

Een paar weken later zit ik aan mijn bureau. Voor me zit mijn mentorklas, druk aan het werk, rommelig gezellig. Ik schrijf in mijn agenda. Midden in een woord hoor ik een tikje in mijn rug. Laag in mijn rug. Spieren verstrakken. Ik kan niet meer ademhalen. Niet meer diep ademhalen. En dat probeer ik vanaf dat moment dus wel. Ik hap naar adem als een goudvis in een klein kommetje. Mijn rug! Ik kan me niet meer bewegen! Wat gebeurt er? Voor een volle klas! Wat moet ik?

'Gaat het wel met u?' vraagt Rodney, die naar voren komt om een schaar te lenen. Ik aarzel. Zal ik knikken? Gaat dit nog over? Ik schud mijn hoofd.

'Het schiet in mijn rug,' fluister ik tegen Rodney, in een malle poging dit onder vier ogen te houden.

'Ze heeft het in haar rug!' roept Rodney onmiddellijk triomfantelijk tegen zijn klasgenoten. Het goede nieuws verspreidt zich snel. Van den Berg stort in! Een man of zes komt om me heen staan. 'Zullen we iemand halen?' bieden ze aardig aan. 'Ja, want zo kunt u niet blijven zitten. Er moet iemand komen.' Iemand bedenkt iets beters: 'Nee, u moet weg. U moet even liggen!' Die optie wordt instemmend begroet. Iemand in deze conditie voor de klas heeft geen enkel nut. Afvoeren die hap.

'Maar ik kan niet lopen!' kreun ik. Daar hebben ze een oplossing voor.

'We rollen u wel even naar de administratie,' zegt Rodney. Hij pakt kordaat de rugleuning van mijn bureaustoel op wieltjes en begint me naar de deur te rijden. Ik schiet daar zo van in de lach, dat het lijkt alsof er iemand met een aantal aardappelschilmesjes in mijn spieren staat te poken. Ik moet snel iets bedenken om me te beschermen tegen deze goedbedoelde hulp. Dus ik zeg: 'Jongens, gaan jullie maar naar de kantine en stuur iemand van de directie mijn kant op. Het zal zo wel zakken.' 'We hebben u vanmiddag nog een uur,' bedenkt Rodney. 'Gaat dat nog door?' 'Vast wel,' beloof ik.

Twee uur later ben ik door spierverslappers en warme pleisters nog maar zover, dat ik voetje voor voetje door de gang kan schuifelen. Op naar huis. Op naar bed. Langs het lokaal van buuf Engels, waar mijn klas zit. Rodney ziet me.

'Van den Berg gaat naar huis!' brult hij. De klas juicht. Sommigen springen op en omhelzen elkaar. Niemand zwaait me na. Alleen buuf. Die komt even in haar deur staan en zegt nadrukkelijk: 'Ze bedoelen het niet persoonlijk. Dat weet je toch, hè? Dit moet je je niet aantrekken, hoor!'

VAN DEN BERG STORT IN!!
DZ

DIK

Nederland wordt dik. Bijna dagelijks zien we op televisie ons schrikbeeld: zwaarlijvige mensen in de VS. Dan klinkt er zo'n sombere voice-over die voorspelt: 'Nog twee jaar. Dan hebben we Amerika ingehaald.' Tijdens die tekst zie je dubbeldikke billen door het beeld deinen. Jamie Oliver, die van de kookboeken, doet manhaftige pogingen om de Engelse schoolmaaltijden gezond te krijgen. Een hele strijd om kinderen, ouders en schoolleiding zover te krijgen. Zelfs de regering stribbelt tegen: gezond eten is ietsje duurder. Dat je op lange termijn geld bespaart op de gezondheidszorg is een toekomstvisie die niet iedereen meteen begrijpt. In Amerika bepalen grote voedselfabrikanten het aanbod in de schoolkantine. Die fabrikanten hebben een enorme financiële vinger in het gesponsorde politieke systeem. De voedselmaffia voedt kinderen op tot megaconsumenten, die hun hand niet omdraaien voor twee liter cola bij de lunch.

Op de meeste Nederlandse scholen biedt de schoolkantine vrijwel alles waar het Voedingscentrum voor waarschuwt: patat, frikadellen, kaassoufflés en andere gefrituurde rommel. De vitrine ligt vol spul dat zich presenteert als tussendoortje, maar dat meer calorieën bevat dan een warme maaltijd. Hoog tijd voor actie. Het Voedingscentrum presenteert 'De gezonde schoolkantine' en onze school heeft de frituur geminimaliseerd. Hoera! Er zijn gezonde broodjes, salades en bekers soep.

Een verademing. We vertellen wat ieder kind zou moeten weten: wie niet aan wil komen van een milkshake van die grote hamburgerbakker, moet anderhalf uur flink baantjes trekken in een zwembad. Als je een zak chips eet, mag je een uurtje langer je badmuts ophouden.

Bij mij is de knop om. Ik denk na bij wat ik eet. Dat valt inmiddels op. Een vierdeklasser zegt verbaasd: 'U lijkt wel kleiner geworden!' 'Niet kleiner. Wel lichter,' verklap ik. Dat moet ik uitleggen. Want zij houdt haar gewicht op peil door te hongeren, biecht ze op. 'Ik heb gezonde dagmenu's voor je,' bied ik aan. 'Zal ik ze voor je kopiëren?' Ze knikt genadig. In de pauze zie ik haar in de rij staan. Ze kiest een zakje chips, twee koeken en een blikje frisdrank. Niemand van haar kringetje eet gezond. Erbij horen is ook heel belangrijk.

Dus moeten we voorlichten. En nog eens voorlichten. Ouders moeten aan de slag via ouderraden en medezeggenschap. En in hun eigen snoepkast natuurlijk. Wat geef je mee voor de pauze? Wat geef je mee voor lunch? Wat verkopen we op scholen? Laten we op tijd stoppen met al die malle verwennerij en ons realiseren dat we onze kinderen doodziek maken. Het is nog net niet te laat.

CIJFER

‘Heb je het gelezen? De VVD vindt dat je carrière moet maken voor de klas! Om te voorkomen dat al die talentvolle mensen het management in gaan. Precies zoals je laatst schreef. Staat in hun partijprogramma. Goed hè?’ glimlacht collega banketbakken. Ik rimpel mijn neus.

‘Niet goed?’ vraagt hij stomverbaasd. Nee. Niet goed. Niet goed genoeg, in ieder geval. En zeer ondoordacht. De VVD vindt dat een goede leraar meer moet gaan verdienen dan een middelmatige. Slechte leraren komen in de alinea niet voor. Dat vind ik wel terecht. Die moeten helemaal niks verdienen. Die moeten solliciteren naar iets anders. Mensen die hun salaris zien als een soort aanwezigheidspremie vind ik verwerpelijk. In welke beroepsgroep dan ook. Maar hoe onderscheid je een goede leerkracht van een middelmatige?

Daar had taartjesleraar nog niet over nagedacht.

‘Nou ja, dat weten we toch zo wel?’ vraagt hij aarzelend. We grijnzen. Ja, we weten het inderdaad wel. De koekenbakker tegenover me deel ik onmiddellijk in als steengoed en zeer gedreven. Hij heeft vast ook wel een mild oordeel over mij. En we durven best een paar namen te fluisteren die, eh, nou ja... Maar is dat objectief?

‘Misschien moeten de leerlingen dat dan maar bepalen,’ denkt gevuldekoekenspecialist tegenover me hardop. Ik hoor de twijfel al in zijn stem. Hij is streng. Heel streng. Dat gaan zijn leerlingen pas na een maand of twee waarderen. Structuur en regels zijn pas na een poosje een lekker afgebakend en veilig werkgebied. Maar daar hoor je eerst tegen te knokken. Stel nu dat ze in die eerste twee maanden hun punten mogen geven?

'Dan geef ik een leuke lessenserie over rapteksten. Niet nuttig voor hun examen, maar ik scoor wel,' pest ik hem. We zijn het snel eens. Docenten een rapportcijfer laten geven door leerlingen is absoluut interessant, maar dat cijfer mag nooit bepalend zijn voor hun salaris.

'Dus lange lijsten met onafhankelijke criteria. Een berg papierwerk,' verzucht gebakjescollega. Hij weet waar hij over zucht. Hij zit ook in de medezeggenschapsraad en sjouwt vaak met tassen vol inspraak door de gangen.

'Daar worden jonge vrouwen dan weer eens de dupe van,' voorspel ik. 'Want die gaan met zwangerschapsverlof. Ik ooit drie keer in zes jaar! Dat kost punten. Bovendien werken vrouwen vaker in deeltijd. Dan blijf je steken bij 'middelmatig', hoe goed je ook bent. Wedden?' Hij kijkt me ernstig aan, denkt na en zegt dan: 'Nee. Zelfs niet voor een appeltaartje.'

DILDO

'Dus je hebt geen schrift? Niet bij je? Nooit gehad? Kwijt? Ik ben toch wel bijzonder benieuwd...' Colin kijkt me wanhopig aan. Wat zeurt dat mens. Hij zit toch rustig? Hij heeft alleen geen schrift. Big deal.

'Ik doe toch niks.' Hij mompelt het verontwaardigd door mijn preek heen.

'Nee, inderdaad. Je doet niks. Je zit hier volkomen overbodig. Je zou nuttiger zijn als je de duiven op de Dam ging voeren. En dan geen moment bedenken: kom, ik ga eens een diepte-investering doen in mijn toekomst. Ik schaf een schrift aan!'

Ik ben in een mopperbui. En Colin is zwaar de pineut. Hij dient nu ter lering en vermaak van zijn klasgenoten, opdat iedereen beseft dat het raadzaam is je spullen bij je te hebben. Maar preken kost energie en ik heb net een pauze gemist, dus ik pak de banaan die op mijn bureau ligt. Ik breek al prekend het topje eraf en hoor aan de andere kant van de klas Damian Hopman fluisteren: 'Nu pakt ze haar dildo.' Rondom hem wordt ingehouden gegiecheld. Ik kijk niet meteen. Ik maak mijn preek af tot Colin van alle kanten blaadjes heeft gekregen en hard zit te pennen om zijn achterstand in te halen.

Dan pas kijk ik de klas rond. Iedereen is stil. Damian kijkt me onschuldig aan. Ik weet dat hij nu denkt dat ik niets heb gehoord. Anders had ik wel meteen gereageerd. Nee, hij zit goed. Hij is een braaf kind mét een schrift. En populair bij al zijn vrienden, want hij heeft toevallig wel een heel goede grap gemaakt!

Tot ik zeg: 'En u, meneer Hopman, wat heeft u doen veronderstellen dat ik iets aan mijn gehoor mankeer?' Je kunt een speld horen vallen. Het is een ingewikkelde zin en iedereen moet daar toch minstens een seconde over nadenken. Ik zie Damian langzaam rood worden. Het bloed stijgt op vanuit zijn nek en eindigt vlekkerig op zijn wangen. Zijn klasgenoten verliezen zich in benauwd gekuch. Naast Damian zit er eentje met twee handen voor zijn gezicht geluidloos te schokken.

'We gaan door met de les,' besluit ik. Ze gedragen zich als engelen en als de bel gaat, zetten ze zelfs ongevraagd hun stoel op de tafel.

Als ik een halfuur later naar mijn auto loop, zitten Damian en Colin in hun serveerkleding naast elkaar op het bordes.

'Vanavond dienst in het restaurant, jongens?' vraag ik.

'Ja mevrouw,' knikken ze.

'Die arme mensen,' plaag ik. Ze grijnzen, ik zwaai en loop door. Halverwege stop ik. Ik draai me om en zeg tegen Damian: 'Denk erom! Ik mankeer echt niks aan mijn oren. Ik hoor zelfs wat je denkt!' Ze kijken me allebei ontsteld aan. Als ik doorloop hoor ik hem vol bewondering fluisteren: 'Ze hoort echt alles.'

REGELS

'Dus wil ik u nog even dringend wijzen op de regels,' zegt onze baas streng. 'De leerlingen mogen absoluut niet naar het toilet tijdens de les. U begrijpt natuurlijk wel dat we het risico niet kunnen lopen dat ze weer een toilet in brand steken.' Een goed argument. Dat geef ik toe. Een heel toiletblok na schooltijd uitgebrand, omdat een leerling een sigaret in een toiletrol heeft gelegd. Dat is niet niks. Maar ik ben een notoire naïeveling. Ik geloof een kind als hij me toefluistert: 'Mevrouw, ik moet zó nodig! Mag ik even? Heel even? Zo terug. Echt waar.'

'Maar als ze nu echt moeten?' vraag ik. De baas schudt zijn wijze hoofd en een paar collega's zuchten. Die zijn hun geloof in hun pupillen op sanitair gebied al volledig kwijt en staan vol achterdocht in de onderwijswereld.

'Niemand moet ooit zo nodig dat-ie het niet tot het eind van het lesuur kan ophouden. Om de twee uur is er een pauze. Dan kun je naar de wc. Je kunt ook makkelijk twee uur in een auto zitten zonder naar de wc te hoeven,' werpt de baas tegen. Ik kijk zuinig. Er zijn momenten, bijvoorbeeld bij hevige regenval, dat ik die twee uur niet haal. Maar ik krijg zoveel narrige blikken van mijn collega's, dat ik maar niets meer zeg. De collega's willen naar huis. Die hebben geen zin in een discussie over toiletbezoek. Als er een regel is dat het niet mag, nou, dan mag het niet. Regels zijn regels. Klaar. Uit. Over.

'Over naar het volgende agendapunt,' gebiedt de baas. Ik zie minstens vijf collega's opgelucht zuchten. Maar ik kan niet tegen regels omtrent zoiets fundamenteels als het recht op toiletbezoek waar en wanneer je moet. Ik erger me ook dood aan het tekort aan openbare damestoiletten en aan verpleeghuizen met vaste plastijden.

Een dag later vraagt Henri permissie om even snel naar de wc te gaan. 'Mag niet. In de pauze, jongen,' troost ik. Hij bukt en fluistert: 'Maar ik moet nu. En als ik nu niet ga, kan ik drie dagen niet. Dan ben ik van slag. Dan moet ik aan de laxeermiddelen. Een ramp. Kokend water in de pot en een zeepspuit.' Ik ben er diep van onder de indruk. Henri gaat met permissie af. Ja, dat verzin je toch niet? Een dag later komt Chantal naar mijn bureau. Ze fluistert: 'Mevrouw, maandelijks probleempje. Hartstikke doorgelekt. Mag ik effe?' Ja, tuurlijk. Moet ik dan nee zeggen? Drie dagen fluistert Deniz: 'Ben aan de race. Zo weer terug.' Vier dagen later heb ik een lijst samengesteld onder de titel 'Bijzondere omstandigheden uit de praktijk waaronder toiletbezoek onder de les mogelijk wel toe te staan is'. Leuk agendapunt voor de volgende vergadering.

KAARSJE

Even stilstaan met kerst. Dat mag wel een keertje. Even omkijken in verwondering. Alweer zo lang geleden? Ach. Even een kaarsje opsteken. Een kaarsje voor Ton, die grote stevige meester-bakker. Rechtop liep hij, kaarsrecht. Ik zie hem nog de trap op komen, de witte gesteven bakkersbuis strak gespannen over zijn bakkersbuik. In de les zag je hem pas buigen. Dat deed hij alleen om beter te kunnen luisteren naar zijn leerlingen. Dan legde hij nog een keer alles geduldig uit met zijn prachtige diepe stem.

Het begon met een kuchje. En wat steken in de rug. Ik hoef dat niet uit te leggen. Het kwam in ieder geval niet door de caravan, die hij even met zijn kont een laatste duwtje had gegeven, waarna het gevaarte perfect op zijn plaats stond. Dat hoopte hij nog even. Een spierenkwestie. Nee dus. Van de fiere bakkersbuik was na een paar maanden niets meer over.

Op een druilerige dag zat een groepje brugsmurfen in de kantine. Op tafel stond een plantje. Groen met wit. Niet zo heel groot. Het potje moest een kruiwagentje verbeelden. Een stenen beertje duwde het kruiwagentje voort. Hij had een witgeschilderd truitje aan, bestrooid met kleine rode hartjes. De kinderen staarden naar het plantje. Sommigen rechtop. Anderen gebruikten hun over elkaar geslagen armen als een kussentje voor hun hoofd. Niemand sprak.

'Wachten jullie tot-ie groeit?' grapte ik in het voorbijgaan.

'We gaan straks op bezoek bij meester Wassenburg,' zei de grootste.

'Och,' zei ik. Veel meer was daar ook niet aan toe te voegen.

Het was heel druk op zijn begrafenis. Zoveel kinderen. Zoveel verdrietige koppies. Ze moesten hun mentor achterlaten op een mooi plekje onder een oude boom. Hoewel, ze namen hem ook weer mee. Hij duikt op in hun verhalen en in de verhalen van zoveel van zijn oud-leerlingen. De verhalen die we elkaar vertellen als we herinneringen ophalen aan onze schooltijd. Dat verhaal over die ene leerkracht die net dat verschil maakte. Die prikkelde, maakte nieuwsgierig, raakte je hart, hielp je op weg. Die ene leerkracht blijft je je hele leven bij. Ton was er zo eentje. U weet er vast ook eentje. Hoog tijd voor een mooie herinnering. Hoog tijd voor een kaarsje.

TELEFOON

'Chantal, geef hier die telefoon. Iedereen die zijn toets nog moet afmaken, wil ik in de rij bij het raam. Schiet op, want je hebt je tijd hard nodig. Wie de schrijfopdracht nog af moet maken, gaat in het midden zitten. De rest in de rij bij de deur. Die zoeken bladzijde 52 op in hun boek. Nee Gery, je kunt daar niet blijven zitten. Ik wil een beetje overzicht. Waar blijft die telefoon? En pak alvast je boek. Nee jij niet. Jij moet de toets toch maken? Nou dan!'

Administratiemevrouw komt binnen voor het absentenbriefje. Dat heb ik nog niet ingevuld. Iedereen is nog bezig positie te kiezen en Valéry schreeuwt moord en brand, want die moet én haar toets afmaken én de schrijfopdracht.

'Wat moet ik nou?!'

'Eerst de toets,' beslis ik. En tegen administratiemevrouw: 'Ik kom het briefje zo brengen. Ben ik al grijs?'

'Alleen bij je wortels,' grijnst ze. 'Chantal zat trouwens te sms'en toen ik langs het raam liep. Nou, ik zie je zo wel.'

'Chantal, geef die telefoon! En maak meteen je mond eens leeg. Niet normaal zoals je zit te kauwen. Valéry, als je nu meteen aan de slag gaat, heb je tijd zat. Nu alle kaken op elkaar. Rust moeten we hebben. Ssssst!' Langzaam daalt de rust neer bij het raam. Die werken. Nu het middenstuk nog. En de rij bij de deur.

'Ik weet helemaal niet welke schrijfopdracht dat is!' moppert Mo.

‘Kom maar hier met je boek. Jij ook en jij, ik zal het jullie laten zien. Kijk, deze bladzij, die opdracht. Zie je? Let op je spelling en schrijf zo netjes als je maar kunt. Doe je best!’ Het middenstuk gaat aan de slag. Nu de rij bij de deur.

‘Bladzijde 60. Chantal, waar blijft die telefoon? En je kauwgum! Als ik bladzijde 60 zeg, bedoel ik dat je bladzijde 60 moet ópzoeken. Het is niet alleen maar een mededeling. Schiet eens op.’

‘Net zei u nog bladzijde 52!’ roept Nicky verontwaardigd. Hij slaat met zijn boek op zijn bank en meldt: ‘Zo begrijp ik er natuurlijk nooit wat van. Nu weer bladzijde 60!’

Ik haal diep adem en zeg: ‘Rustig maar. Ik maakte een fout. Nederig excuus. Je had gelijk. Bladzijde 52. Twee-en-vijftig. Waarom, o waarom stond ik vooraan toen onze lieve Heer geduld uitdeelde?’

‘Ik red het nooit. Die toets en dan straks ook nog die schrijfopdracht,’ kreunt Valéry. ‘Die schrijfopdracht is echt fucking veel werk,’ verklaart Mo opruiend.

‘Chantal,’ begin ik.

‘Ik heb mijn kauwgum al doorgeslikt,’ zegt ze verontwaardigd.

‘Je telefoon!’

ZONDE

'Waar is je boek? En doe je jas eens uit.' Ik gebruik de combinatie zo vaak, dat ik begin te vermoeden dat er verband bestaat. Hebben kinderen zonder boek het eerder koud?

'Ik heb toch geen boek,' zegt Vanessa narrig. Ze wurmt zich uit een kort jack en huivert met magere, hoog opgetrokken schouders.

'Geen boek? Heb je nog steeds geen boek?' Er is mij duidelijk iets ontgaan. Het is al bijna februari.

'Je zou een maand geleden dat boek toch krijgen?' vraag ik. Ik zie haar donkere ogen seinen. Hou er nu maar over op. Privégedoe. Geen geld. Toen niet en nu nog steeds niet. Dat weet u toch wel? Ze haalt nog een keer haar knokige schoudertjes op en biedt aan: 'Ik kijk wel bij Kimberley. Mag ik mijn jas over mijn schoot leggen?' Ja, toe maar. Leg je jas over die blote buik. Buiten vriest het, we duimen voor een elfstedentocht en jij loopt erbij alsof je straks naar een strandfeest moet. Maar dat is privé. Net zo privé als financiële problemen. Dus daar hebben we het in de klas niet over. Alleen soms, onder vier ogen. In gevallen dat het me echt te gortig wordt.

Mijn zucht is geluidloos. Ik zucht ook niet om Vanessa. Ik zucht om ouders die geen boek voor hun kind kopen. Ouders die geen moeite nemen om te onderzoeken of ze op een andere manier schoolspullen gefinancierd kunnen krijgen. Want in iedere gemeente barst het van de fondsen en potjes en steun. En iedere school is bereid allerlei regelingen te treffen. Maar daar moet je wel moeite voor doen. Je moet ernaar informeren. En in het ergste geval moet je met je billen bloot. Dan moet je uitleggen dat je echt geen geld hebt voor de opleiding van je kind. En dan kan het gebeuren dat instanties vinden dat je je prioriteiten moet wijzigen. Want er zijn mensen die wel een Ajax-seizoenkaart voor de hele familie kunnen ophoesten, maar geen budget hebben voor schoolboeken. Er zijn ouders die het nieuwste mobieltje belangrijker vinden dan kokskleding voor de praktijkles. En dat ene kind dat al een jaar niet kon gymmen omdat zijn ouders geen sportschoenen voor hem konden kopen, kwam op zijn zestiende trots op school op een splinternieuwe scooter.

Ik kijk naar Vanessa. Over ruim twee maanden doet ze examen. Ik hoor in gedachten haar ouders zeggen: 'Zonde om nu die boeken nog te bestellen.'

KREUN

Marco zit het liefst vooraan. Om de vijf minuten schuift hij zijn schrift naar me toe. 'Lees eens. Is het zo goed?' Hij fluistert dwars door mijn klassikale uitleg heen en eist onmiddellijke bijstand. Als hij die niet krijgt, is hij beledigd. Dan gaat hij zitten zuchten. Hij heeft altijd individueel les gehad. Nu moet hij delen in de aandacht. Dat lukt hem van geen kanten. Hij blijft maar zeuren. Een zeurpiet op de eerste bank is een ramp, dus ik ga meteen in de aanval als ik hem aan zie komen.

'Niet op de eerste bank, Marco. Ik spuug vandaag ontzettend. De spetters komen vijf meter ver als ik praat. Of heb je een paraplu bij je?' Hij komt toch vooraan zitten en hij lacht vertederd: 'Ik geloof er niks van.'

Mislukt. Daar zit-ie. En hij kreunt een beetje. Opeens leunt hij helemaal voorover en fluistert me toe: 'Ik heb een probleem.'

'Ik heb er nog veel meer,' zeg ik terug. Want we zijn met de hele klas aan het nakijken en dat vergeet Marco weer eens. Hij gaat onverstoorbaar door.

'Ik heb vocht in mijn knie.' Daar is dat kreuntje weer.

Ik zeg: 'Dat is niet erg, jongen. Het gaat vriezen. Dan vriest het vanzelf droog.' De les gaat door. We ontleden zinnen en ik verbeeld me dat ik hier en daar een muntje zie vallen. Steeds meer leerlingen krijgen het door. Joepie. Maar Marco is blijven steken in zijn eigen onderwerp.

Kreun. 'Het doet zo'n pijn als ik beweeg.'

'Ben je nou een vent? Of ben je een zeikerd?' Dat informeer ik tussen twee bijwoordelijke bepalingen door. Hij zwijgt beledigd.

Een uurtje later is het pauze. Marco staat buiten en rookt een sigaret.

'Slecht voor je knie,' waarschuw ik. Hij werpt me een gekwelde blik toe en zegt verontwaardigd: 'De directeur zegt dat het handig is, dat water, voor als ik een wandeling ga maken in de woestijn.' Als ik in de lach schiet, kijkt hij me vol afgrijzen aan. Hij heeft nog een laatste troef.

'Straks ga ik mijn moeder bellen.'

'Die trapt daar toch niet in?' hoop ik. Mis. Een uurtje later strompelt Marco de trap af. Zijn moeder heeft school gebeld: de huisarts wil hem graag zien. Marco moet maar gauw thuiskomen. Kreun.

LUCIFER

Waarom kweken ouders kinderen met concentratieproblemen? Waarom? Kinderen van vier jaar hoeven heus geen kleine motor waarmee ze met 15 kilometer per uur door hun woonerf tuffen. Kinderen van vier jaar kunnen prima trappen op een driewieler. Dat gaat snel genoeg. Bovendien levert dat aanmerkelijk minder geluidsoverlast. Het gekrijs van een peuter die van een fietsje valt, is al erg genoeg. De combinatie met een ploffend benzinemotortje is ondraaglijk. Bovendien leert een kind op een fietsje dat je een prestatie moet leveren om vooruit te komen. Dat is een les waar-ie de rest van zijn leven iets aan heeft.

Als een kind acht wordt, hoeft-ie helemaal geen rode Disneykleuren-tv met dvd-speler en handige sleeptimer, waarmee u het apparaat kunt programmeren om op een door u te bepalen tijdstip uit te schakelen. 'Is echt een uitkomst,' verzekerde een jonge moeder met twee basisschooljongens me. 'Anders kijken ze tot midden in de nacht. Nu schakelt dat ding vanzelf uit om halfelf. Dan slapen ze tenminste op tijd.' Ik ga niet zeggen wat ik daarvan denk. Waarschijnlijk denkt u nu hetzelfde als ik. En misschien leren die kinderen van al dat kijken naar TMF en MTV eindelijk hoe ze hun eigen naam moeten uitspreken. De ene heet namelijk Timmetie en de andere Kiet. Maar je schrijft het heel anders.

Als het kind tien wordt, dient een gamestoel geen enkel nut. Een gamestoel is een zitzak waarin je computerspelletjes kunt doen. Dat klinkt vrij onschuldig. Maar die zitzak heeft een geïntegreerde controle-unit, versterker, subwoofer, bass en speakers. Vrij vertaald: in die zak zit je rondom in de herrie. Volgens de beschrijving kun je met de bass-subwoofer de bass-effecten echt ervaren. Lees: je zit er ook nog eens in te trillen en te schudden. Daar kan een kind onmogelijk geestelijk gezond bij blijven. Je kunt de stoel overal op aansluiten, dus ook op die tv met timer. Dekentje erbij en een kind hoeft niet eens meer op te staan om te gaan slapen. Het is eigenlijk een soort babybox. Maar zonder spijlen.

Kinderen die opgroeien in zo'n zitzak, arriveren vrijwel zeker in de brugklas met de aantekening: 'Concentratieboog van brandende lucifer'. En die ouders snappen maar niet hoe dat komt. Ze gunnen hun kind alles. Ze denken zelfs dat hun kind recht heeft op wat er op die totaal gestoorde markt wordt aangeboden. Anders doen ze dat kind tekort. Is er ergens een pretpark waar je nog hoger, langer, griezeliger en met meer G-krachten over de kop gaat of gelanceerd wordt? Dan mag je ze dat niet onthouden. Toch? Natuurlijk moet ieder kind op zijn zestiende een brommer of een scooter. Opgevoerd en wel. Stimuleer je je kind in het najagen van kortstondige instantpret? Waarom ben je dan verbaasd dat ze zich moeilijk kunnen concentreren? Daar heb je als ouder toch welbewust naartoe gewerkt? Sterker nog: je hebt ze indirect geleerd neer te kijken op kinderen die andere dingen leuk vinden. Die bijvoorbeeld een herbarium bijhouden. Grote genade, stelletje geitenwollensokkensufferds. Of kinderen die graag tekenen, schilderen, boetseren of toneelspelen. Is er iets stommer dan dat? Nou, misschien viool spelen. Of piano. En natuurlijk de ergste groep. De groep die boeken leest. Daar wil je niet bij horen!

Maar die laatste groep haalt op school de mooiste resultaten. En later nemen zij die concentratiegestoorde oud-klasgenoten niet in dienst bij hun bedrijf. Ze kijken wel uit!

CON-CEN....
VOLGENDE WEEK PROBEREN WE VOL TE HOUDEN TOT EN MET 'TRA-TIE'
TIMMETIE?

PETJE

Er zit een man in ons schoolrestaurant met een petje op. Ik zie hem vanuit een ooghoek als ik langsloop. Ons team heeft een speciale blik ontwikkeld voor petjes. Want onze leerlingen mogen geen petjes op in school. Zondaars raken minstens een week hun petje kwijt. Dat is een vreselijke straf, want dan moet je met je blote hoofd naar huis. De ultieme vernedering. Nu zie ik opeens in het afgeladen restaurant dat ene petje.

‘Hij heeft een petje op,’ zeg ik tegen serveerleraar, die even bij me tegen de balie komt leunen. Zijn klas draait als een trein; vierdeklassers in strak tenue serveren op dit moment de laatste gang.

‘Ik heb hem gezegd dat wij hoofddeksels in school verbieden,’ knikt serveerleraar vermoeid. ‘Maar hij zei: “Ik ben geen leerling.”’ We halen onze schouders op. Wat moet je ermee?

‘Wel lekker druk,’ zeg ik maar gauw.

‘Speciaal gezelschap. Allemaal leerkrachten van basisscholen,’ zegt serveermeneer.

‘Dus dat petje...’ Ik kijk hem verbaasd aan. Hij knikt. Daar zit een schoolmeester. Provocerend met een petje op. Serveerleraar zucht eens diep, voelt dan of zijn stropdas nog goed zit, recht zijn rug, veegt een denkbeeldig pluisje van zijn revers en hervat zijn voorbeeldfunctie.

In veel beroepen gelden kledingvoorschriften. Ik weet een groot bankgebouw met verplichte stropdas. Ook voor werknemers die nooit in contact komen met klanten. Alleen op vrijdag mag die strop af. Daarnaast zijn er beroepen waar het wel verboden lijkt er netjes bij te lopen. Onderwijs is zo'n vak. Voor leerlingen hoef je je niet te kleden. Dus zijn wiskundeleraren altijd stoffig. Die dragen graag truien zonder shirtje eronder. Leraren maatschappijleer herken je aan afgetrapte spijkerbroeken en verwassen T-shirts. Als het heel warm is, staat leraar Duits gewoon in zijn sportbroekje voor de klas. En als een schoolmeester dat wil, houdt-ie zijn petje op.

Ik sta de klas te vegen, als een vierde klas binnenkomt.

'Was het zo'n bende?' vraagt Jasmin. Dat was het. Er is geknipt en geplakt. De grond lag vol. 'En ik vind dat jullie recht hebben op een net lokaal,' leg ik uit. Een aangename ruimte om te werken. Dat moet een lokaal zijn. Daar mag een leerling niet ongevraagd iets aan veranderen. Want: 'Als ik bij jullie thuis kom, ga ik ook geen stoel verschuiven omdat ik vind dat-ie bij het raam leuker staat.' Een prettige omgeving en een verzorgde gastvrouw. Geurtje, kleurtje, schone nagels. Niet overdreven. Gewoon netjes. Als voorbeeld.

Dat doe ik dus allemaal. Maar dat hoef ik natuurlijk niet. Welnee. Ik mag een broek met gaten. Ik mag een minirok. Ik mag een petje op. Ik kan maar één ding bedenken wat ik voor de klas niet mag. Dat is een boerka.

KT KT KT

Ik loop door de gang op weg naar het computerlokaal. Achter me volgt mijn klasje, volgzaam en braaf. Dat is geen toeval. Ik heb gedreigd dat ik ze vastketen in een schandpaal op het schoolbordes en vervolgens eigenhandig zal bekogelen met rotte tomaten en visafval als ze lawaai maken. 'En eieren. Van vorig jaar Pasen,' bedenk ik opgewekt. Ze zijn diep onder de indruk en marcheren fluisterend. Beng! Een knal op de kast van de brandweerslang galmt door de gang. En meteen weer een, gevolgd door een slordige roffel.

'Wie doet dat?!' roep ik boos. Stefan kijkt me geschrokken aan.

'Ik!' piept-ie.

'Ga dan aan de andere kant van de gang lopen, jongen,' knor ik. Stefan heeft het syndroom van Gilles de la Tourette. Af en toe knalt hij los. Hij beweegt ineens enthousiast en raakt daarbij bijna zijn buurman Leon, die routineus wegduikt. In de stilte tijdens een proefwerk hoor je Stefan klakken met zijn tong. Of ritmisch kreunen. Of tikken op zijn bank. Niemand maalt daarom. Hij kan het niet helpen. En hij is een leuk joch. Totaal onbekommerd kijkt hij om zich heen, de wereld in. Zijn ogen zeggen: tja, dat heb ik nu eenmaal. Vette pech. Gewoon blijven lachen. Dat is wel zo gezellig. Stefan staat altijd voor iedereen klaar en wie hem kwaad krijgt, heeft wel heel erg zijn best gedaan.

Een week later loop ik in de hal. Ik zoek een collega. Ik ben al zeventig trappen op en af gerend, heb alle plekken doorzocht waar hij zou kunnen zitten, heb iedereen driemaal gevraagd waar hij toch kan uithangen en begin twee flinke blaren te ontwikkelen door de eindeloze afstanden die ik al heb afgelegd. Woest ben ik. We hadden afgesproken en het is dringend. Als ik de gang in draai, zeg ik ter wille van de akoestiek: 'Kt, kt, kt!' Dat is niet helemaal schandalig, want de cruciale letter ontbreekt en het lucht enorm op. Bovendien ben ik toch alleen. Oeps. Dat ben ik niet. Daar loopt Stefan, die verrast opkijkt. Zo'n touretteachtige uitbarsting had hij van mij niet verwacht. Ik leg hem beschaamd uit waarom ik zo uitbarstte. Maar ik had geen betere getuige kunnen treffen. Stefan kent de bevrijdende werking van gecontroleerd lopen knallen. Dus als ik nog behoefte heb? Eigenlijk wel. Zullen we dan samen? We maken samen grote passen en roepen in het ritme: 'Kt! Kt! Kt!'

'Hè, lekker,' zeg ik aan het eind van de gang.

'Nu nog een keer op de kast van de brandweerslang,' zegt Stefan. Natuurlijk. Waarom niet? Knal! Daar komt de gezochte collega aan. Zo zie je maar. Het werkt.

'Niet verder vertellen, hoor,' bezweer ik Stefan. Hij belooft het meteen. Maar soms hoor ik hem tijdens de les zachtjes mompelen. 'Kt, kt, kt.'

LASTPAK

Gary heeft gespijbeld, gestolen en alles aan elkaar vastgelogen. Pa en ma hebben een uitnodiging gekregen en ik heb de eer dit alles als mentor te bespreken. Want Gary krijgt nog een kans om zijn examen te halen, maar niet meer in zijn klas.

'Red je het alleen?' vraagt directeur, druk, druk, druk. Tuurlijk. Ik mag in zijn kantoor. Hij betrekt het naastgelegen decanaat om telefoontjes te plegen.

De moeder van Gary is wit weggetrokken van de zenuwen. 'Die rotjongen ook.' Ze fluistert het me toe. We hebben al vaak samen over Gary gesproken. En met Gary natuurlijk. Zijn vader zie ik voor het eerst. Klein en stevig. Paardenstaartje en tatoeages. Kolenschoppen van handen en de hoekige motoriek van een bodybuilder. Gary neemt tactisch plaats naast zijn moeder, het verst weg van zijn pa. Ik geef handjes, heet welkom, schenk koffie en zet Gary's verrichtingen van de afgelopen week op een rijtje.

Voordat ik aan het hoogtepunt van de zondige week toekom, zie ik zoveel vlekken in de nek van zijn pa, dat ik de neiging krijg de diefstal maar onder het karpet te moffelen. Maar Gary heeft het wel gedaan. En hij heeft er glashard om staan liegen. In mijn gezicht, in des directeurs gezicht, in het gezicht van het slachtoffer. Dus ik vertel alles. Kort en zakelijk.

'Dan moet je natuurlijk van school,' kreunt zijn moeder. 'Dan haal je nooit je examen. Je bent de schande van de familie.' Gary krimpt in elkaar. Ik begin: 'We willen dat hij wel...' Verder kom ik niet. Vader heeft het woord schande even laten zakken en klimt nu over moeder om bij zijn zoon te geraken. 'Jij smerig, lelijk, vuil, laag-bij-de-gronds, walgelijk stuk leugenbrok dat je bent. Vuile, schofterige...' Pa klautert rap en heeft al een paar welgemikte klappen op Gary's hoofd doen belanden. Onderwijl raakt hij ook zijn vrouw, die jammerend in elkaar duikt. Ik zit al met een knie op tafel om pa in toom te houden. Ik roep: 'Ik sta niet toe dat u hem slaat. Blijf van hem af. Luister naar mij. Hier ben ik de baas. U houdt uw handen thuis!' Ik schrik van mezelf en zie meteen dat directeur voor het zijraampje zijn kantoor in kijkt om te zien of wij allemaal nog leven. Pa is gaan zitten, hij kneedt zijn handen samen tot een machteloze vuist, waar ik weer een kalmerende hand bovenop leg. Ik knik geruststellend. Alles is onder controle.

'Dus hebben we bedacht dat Gary zich als volgt kan voorbereiden op zijn examen. Hij mag...' Ik vertel rustig. Moeder is bloednerveus. In vader tikt een tijdbom. Gary huilt geluidloos. Dikke tranen vallen op de tafel. Nog nooit heb ik zo'n lastpak in mijn klas gehad als deze jongen. En nog nooit heb ik met iemand ooit zo'n medelijden gehad als juist met hem.

DINGDONG

'Hoi Mano, alles goed? Hé! Carleigh! Jouw beugel is eruit! Hoi Patricio, vanmiddag koken. Zin in? Of is Nederlands leuker?' Kookleraar en ik lopen samen door school. We groeten, grappen, roepen en genieten. Dan zegt kookleraar: 'Weet je dat dit niet kan, op sommige scholen? Daar worden ze al nijdig als je ze aankijkt. Dan willen ze weten wat je van ze moet. Ze zeggen liever niks tegen je en spugen naast je op de grond.'

Kookleraar kent ze, die scholen. Ze staan in dezelfde stad als de onze. Alleen zijn ze zwarter en groter. De meeste allochtone leerlingen kiezen een opleiding in handel en economie. Onze vakrichtingen horeca, bakken en toerisme zijn minder geliefd. Wij zijn een kleine, relatief witte school in een zwarte buurt. Is het daardoor beter bij ons? Zijn witte kinderen lieverdjes? Onzin. Maar de massa bepaalt wel de sfeer.

Onze school is klein. Hier kan Fatma uit Marokko mij gierend van het lachen vertellen dat haar broertje zo gezeurd had om een kerstboom, dat haar moeder uiteindelijk maar had toegegeven. Met de hele familie vierden ze het traditionele slachtfeest onder de dennentakken. 'Toppunt van integratie,' grijnst ze. Op een school waar de massa bepaalt dat de islam verheven is boven elke vorm van humor, had ze dit verhaal nooit durven vertellen. En ik had Deniz nooit kunnen leren dat hij me moet aankijken als ik hem op zijn falie geef. Ali legde het me nog uit. Is zijn cultuur, mevrouw. Moet u respect voor hebben. Mooi niet! Deniz zal nog wel vaker een standje krijgen. Van Nederlanders. Die willen allemaal dat hij ze aankijkt. Met gepast schuldige blik in zijn ogen. Een traan is misschien net te veel. Maar zachtjes mompelen dat hij het echt nooit meer zal doen, ja, dat is wel een aanrader. 'En als-ie van zijn vader op zijn sodemieter krijgt, mag hij van mij netjes naar de punten van zijn schoenen kijken,' voeg ik Ali fijntjes toe. Dan moeten ze allebei lachen en ik ook. Op zo'n andere school had de massa een heel ander sfeertje neergezet.

Iedere puber is hard op zoek naar zijn eigen identiteit. Zet een grote groep allochtone pubers bij elkaar in een schoolgebouw en wat krijg je? De verheerlijking van gemeenschappelijke identiteit, juist op punten waar die verschilt van de onze. En onderlinge knokpartijen tussen de grootste groepen. Turken tegen Marokkanen tegen Antillianen. Logisch.

Maar tot op heden zie ik scholen fuseren. En ik hoor de bestuurders wel over spreiding van allochtone kinderen in het basisonderwijs, maar over spreiding in het voortgezet onderwijs heb ik nog niemand gehoord. Dus begin ik mijn alarmbel te luiden. Zachtjes. Voor alle collega's die lesgeven op scholen waar ze elkaar niet meer kennen. En voor alle leerlingen die een leuke schooltijd verdienen. Dingdong.

DOCENTENKAMER

Op mijn school hebben we een docentenkamer. Dat klinkt luxe, maar niemand wil er zitten. Het plafond is twee meter hoog en de balken zitten op 1 meter 90. Er zijn twee raampjes waar zelfs een vierjarige zich niet doorheen zou kunnen wurmen. Er staan wat oude schoolmeubelen, vier bureaus met overjarige computers en een afgedankte oude bank. Ik heb nooit durven vragen waar die vandaan komt. Laat staan dat ik er ooit op ben gaan zitten. Er staat een apparaat waarmee je chocolademelk en koffie zou kunnen maken, als-ie bijgevuld was. Maar omdat er in het lekbakje een eigenaardige schimmelkweek was ontstaan, heeft de baas al jaren geleden bijvullen verboden. Een lege boekenkast herinnert vaag aan de tijd dat hier nog mensen kwamen. Maar omdat gesneuvelde lampen nooit werden vervangen, is het licht er zo slecht, dat je er niet kunt werken. Er komt niemand. Niemand wil daar zijn. Als er ooit iemand is, dan wil die er niet blijven. Dat is wel zo veilig, want de ruimte beantwoordt niet aan welke veiligheidseis dan ook.

Waar zitten we dan in de pauze? In de schoolkantine, broodje in de hand. Tussen schreeuwende kinderen. Onze tafel staat schuin achter een voetbalbak, naast de rij voor het buffet, schuin voor de kasten met yoghurt en andere koelversproducten, schuin naast de automaat voor snoeprepen en frisdrank en redelijk binnen bereik van de televisie, die afgesteld staat op een of ander muziekkanaal. Als onze tafel vol is, delen we een leerlingentafel. Goed voor het contact met de kinderen, zegt de baas tevreden. Hij eet er zelf ook.

Ik heb het gevoel dat het anders kan. Beter. Rustiger ook. Want er zijn momenten dat ik even geen kind wil zien. En al helemaal niet op mijn schouder getikt wil worden. Dan wil ik rustig eten en diep in mijn gedachten een regeltje van Kloos mijmeren. Of iets anders hoogstaands.

En het kan ook anders. Jawel. Ik blader in een vakblad voor docenten en zie een foto van een docentenpatio van een regionale scholengemeenschap. Dat blijkt een binnentuin, voorzien van luxe tuinmeubilair en schaduwrijke boompjes. Drie personeelsleden doezelen in het zonnetje naast de docentenkamer, waarin je door de openslaande deuren heen een rij roomwitte leren barkrukken ziet staan. In het kadertje ernaast staat: 'Ook een bijzondere lerarenkamer? Mail ons!'

Ik wijs mijn baas op de oproep. Hij reageert zeer positief: 'Doen! Onze benadering is zo uniek! Daar kunnen ze een voorbeeld aan nemen.' Rare man.

PROP

Op sommige dagen begin ik pas na de middagpauze. Dat betekent dat mijn lokaal de hele ochtend bezet is geweest door collega's. Dat kun je van verre al zien. De scheefgetrokken luxaflex hangt snel weer recht, maar die rommel op de grond is erger. Hoe krijg je die weg?

Slechte methode:

Ik: 'Gooi die prop even in de prullenbak.'

Kind: 'Dat is mijn prop niet.'

Ik: 'Hij ligt onder jouw bank.'

Kind: 'Nu niet meer.' Kind geeft de prop een schopje, waarna hij vooruitschiet en tussen de voeten belandt van voorbuurman. Die krijst, trapt de prop zijwaarts en voor ik iets kan roepen, is de klas veranderd in een levend tafelvoetbalspel. De spelers zitten nu nog op hun plaats. Als ik niet meteen ingrijp, ben ik al snel aan de zijlijn beland van een amateurvoetbalwedstrijd waarbij beide ploegen unaniem hebben besloten geen acht te slaan op aanwijzingen van de scheidsrechter.

Iets betere methode:

Ik: 'Gooi die prop even in de prullenbak.'

Kind: 'Dat is mijn prop niet.'

Ik: 'Dit is geen discussie over de herkomst van de prop. Dit is een opdracht.' In het vermijden van de discussie zit de kracht van de methode. Het vervolg is meestal matig. Het kind roept: 'Jemig! Ik lijk wel een slaaf!' Vervolgens loopt hij mopperend naar de prullenbak, houdt de prop erboven, angstvallig tussen duim en wijsvinger vanwege angst voor besmetting door duistere afkomst van deze hem onbekende prop. Vervolgens laat hij de prop ernaast vallen. Als ik niet al te doodmoe ben, probeer ik die prop erin te krijgen. In andere gevallen doe ik alsof ik niks zie.

Beste methode:

Ik arriveer een halfuur voor tijd en veeg mijn lokaal aan voor de klas arriveert. Ik laat duidelijk zien wat voor bende de collega voor me heeft achtergelaten. Zo toonde ik afgelopen dinsdag aan mijn vierde klas een half pond borrelnoten, zeven snoeppapiertjes, drie lege pakjes frisdrank, vier verfrommelde proefwerkblaadjes, een lading snippers en zonnebloempitten, twee kapotte pennen, een haarspeld en een muntje van vijf eurocent. Mijn kindertjes bekeken de puinhoop met een mengeling van verbazing en herkenning. Waarschijnlijk hadden zij een vergelijkbare bende achtergelaten in hun vorige lokaal.

'Ik heb ook jullie bankjes gezeemd. Die zaten vol plaksel. Stel je voor dat je dat aan je kleren krijgt,' zeg ik bezorgd. 'Dank u wel,' mompelen ze braaf. Na afloop van het lesuur maak ik een rondje en vraag liefjes: 'Ruim je dat even op? Fijn! Dank je wel!'

Het werkt perfect. Mijn leerlingen houden de boel keurig netjes. Alleen mijn collega's maken er nog een potje van.

PUPPY

Ik heb een hond. Een goed opgevoede hond. Ze heet Laska en is nu twaalf jaar oud. Op de hondencursus leerde ik meer over opvoeding dan in alle jaren tobben met mijn eigen meiden. Eigenlijk heb ik een dringend advies aan alle beginnende ouders en leerkrachten: ga op puppencursus!

'Als een puppy tegen je op springt, vind je dat misschien nog schattig. Maar als een volwassen Deense dog zijn voorpoten tegen je witte wollen wintermantel zet, is het opeens een stuk minder grappig,' waarschuwde onze puppentrainster op de eerste bijeenkomst. Nog dagelijks denk ik aan die les. Wat hebben pa en opa gelachen toen de kleine Danny in zijn minuscule Ajaxshirtje op de tribune voor de eerste keer zijn middelvingertje opstak. Vol trots vertellen ze het thuis aan mama en aan buurvrouw Toos.

'Doe nog eens, Danny?' Schattig! Hij is nog maar vier jaar! Aangemoedigd door dat succes zet Danny zijn verovering voort. Hij heeft ook een tekstje opgepikt in de leerzame omgeving van de supporterstribune. Danny imiteert er lustig op los. Vieze Joden en gore hoeren zijn onschuldige varianten. De andere bijvoeglijke naamwoorden betreffen meestal dodelijke ziektes en godslasteringen die ik niet herhaal. Ik sta al geregistreerd bij de Bond tegen het Vloeken vanwege een citaat. En zijn opgestoken vingertje combineert Danny al in zijn zesde levensjaar heel kundig met een klap aan de binnenkant van zijn elleboog. Zijn hele omgeving applaudisseert en aanbidt.

Als Danny tien jaar is, trekt juf van de basisschool aan de bel. 'Ach, kinderen,' zegt moeder vergoelijkend. Danny's vriendjes zijn ook geen lieverdjes en wat die kinderen allemaal op straat uitspoken... Je wilt het niet weten. Als juf spits opmerkt dat je dat juist wel zou moeten willen weten, lacht moeder maar wat. Die juf. Danny is haar engel en het komt heus allemaal wel goed. Ze zal weleens met hem praten, voegt ze er ter geruststelling aan toe.

Inmiddels is Danny veertien. Hij zit bij mij op school. Zijn mama klapt allang niet meer als Danny zijn middelvinger opsteekt. Want dat doet hij al jaren naar haar. Zijn pappie krijgt alle teksten voor zijn voeten die hij zelf ooit bedacht voor de partijdige scheidsrechter en alle elf tegenstanders van zijn favoriete club. Buurvrouw Toos draait haar hoofd om sinds ze uitgescholden werd voor alle denkbare varianten op 'teringtrut'.

Het puppy is groot geworden. En opeens een stuk minder leuk. Les 1 is helaas verknald. Om de boel nog een beetje te redden, besteden we deze rapportperiode veel tijd aan les 2: 'Danny, zit' en 'Danny, af'.

RECHT

Hoe is het zover gekomen? We hebben kinderen opgevoed die niet willen leren. Die narrig in klassen zitten en liever hun jas aanhouden, want dan zijn ze sneller weg. Kinderen die het nut niet inzien van een goede opleiding. Die ervan overtuigd zijn dat ze er zonder studeren ook wel komen. Ze hebben nu al alles. En dat krijgen ze, zonder dat ze daarvoor iets hoeven te doen. Waarom zou dat ooit anders zijn? Ze zijn door en door verwend en kunnen mij in een discussie perfect uitleggen waarom sommige asielzoekers zijn uitgeprocedeerd: 'Dat zijn gewoon economische vluchtelingen. Die hebben geen enkel recht.' Nee, wie op reis gaat om een beter leven te krijgen, moet terug naar de gribus waar hij vandaan komt. Mijn leerlingen hebben wel recht op die welvaart. Niet omdat ze eraan hebben bijgedragen. Zelfs niet omdat ze van plan zijn om er ooit aan bij te dragen. Nee, gewoon, vanwege het ordinaire feit dat ze hier wonen. Waar is het in hemelsnaam voor nodig om een brief te leren schrijven? Van schrijven krijg je kramp. Lezen? Van wat voor planeet ben ik afkomstig?

Ik reis met Cees af naar Oeganda. We doen vrijwilligerswerk voor het Liliane Fonds en dit is een bijzonder project: we bereiden de komst voor van een televisieploeg en ik doe interviews voor een reportage. Hard werken, maar een onvergetelijke ervaring en een prachtig doel. Op een dag bezoeken we een schooltje. Ik sta voor een klas vol pubers. Oegandese pubers. Ze zitten op een bankje. De stapel boeken op hun schoot vormt het tafeltje. 'Nooit geweten dat er zoveel kinderen op een bankje passen,' zeg ik tegen de directeur. Wat is zijn geheim? 'Doorschuiven tot de eerste eraf valt,' grijnst hij. Je kunt je eigen hartslag bijna horen in het propvolle snikhete lokaaltje. Dat er geen ramen in zitten, is wel zo prettig. Er is een bord, een leraar en een krijtje. 'Ze willen graag leren. Ze lopen er kilometers voor,' vertelt de man. Ik neem mijn denkbeeldige pet af voor de kinderen. Het gegiechel verstomt abrupt door het handgebaar van de leraar.

Op school verhaal ik van mijn avontuur. Ik schets de tegenstelling. Verbaas me hardop. Dan zegt Geraldo: 'Logisch toch? Afrikanen zullen wel moeten, als ze vooruit willen komen.' Als ik dan vertel dat wij hard op weg zijn om te klimmen op de ladder van de achterlijke landen, dat ons onderwijs het niveau dreigt aan te nemen van een bananenrepubliek en dat alle kennis en kunde ons land dreigt te ontvluchten, lachen ze. Ze voelen zich superieur en denken recht te hebben op welvaart zonder er iets voor te hoeven doen. Ik ben aan het watertrappen in drijfzand.

PODES

Ik heb iets nieuws ontdekt. Het 'prinses op de erwt-syndroom' (PODES). Ik weet er nog niet alles van, maar ik ken iemand met symptomen. Tiffany uit 4A. Die erwtenprinses, waar ik PODES op baseer, heb ik altijd een apart typje gevonden. Dat loopt te dwalen door een woud, vindt een kasteeltje waar ze gratis logies met ontbijt krijgt aangeboden en gaat dan de volgende ochtend lopen klagen dat ze slecht heeft geslapen vanwege die erwt. Sjonge. U en ik hadden hartelijk bedankt en gejokt dat het een heerlijk bed was. Maar ja, wij kregen dan ook geen prins.

'Ik vind dit helemaal niet leuk!' kermt Tiffany als ze een samenvatting moet maken van een tekst met de uitdagende titel *Gebruik van de lift bekort uw leven.*

'Dat is het ook niet,' beaam ik. Ze zucht overdreven diep, gooit haar lange haar naar achteren en kreunt: 'School is helemaal niet leuk!'

'Nee. Waar haal je het malle idee vandaan dat school leuk moet zijn?' informeer ik.

'U kunt het toch wel een beetje leuk maken?' zeurt ze. Ik schud mijn hoofd.

'Het is onderdeel van je examen. Je moet gewoon oefenen. Leuker dan dit kan ik het niet maken.' Ze kijkt me vol afgrijzen aan.

'Mijn examen?! Nou nog dreigen ook!' De hele klas werkt en

de prinses staat te huilen. Kortaf zeg ik: 'Stel je niet aan en ga aan het werk. Anders moet je eruit.'

'Nou, dan ga ik toch?' Ze is beledigd. Dus doet ze wat de erwtenprinses deed. Weglopen. Alleen, die kreeg de prins. Tiffany krijgt mij: 'Blijf nou maar lekker zitten en ga lezen. Ik weet dat je het kunt. Als je even doorzet, ben je zo klaar.' Ze sputtert nog even, gaat aan de slag, is eerder klaar dan alle anderen en haalt een 8.

'Goed gedaan! Zie je wel! Ik wist het wel,' prijs ik.

'Ik ben trouwens ook al klaar!' roept Claire opeens midden in de klas. Ze gooit haar armen de lucht in en kijkt om zich heen met een blik van 'letten jullie wel allemaal even op mij?' 'Ik ben te moe om naar voren te lopen. Maar ik heb het wel af. Helemaal!' Ze wappert ter illustratie met haar blaadje. Ik kijk stomverbaasd naar deze malle actie en zeg: 'Bedaar eens even! Waarom denk je dat iedereen zit te wachten op deze mededeling? Ga eens gauw onder je bank zitten om je te schamen!' De klas lacht en Claire zegt verontwaardigd: 'Nou ja! Ik dacht alleen maar, ik meld het even!'

Weer iets bijgeleerd. PODES is besmettelijk.

PLASSEN

'Mag ik even naar de wc?'

'Tuurlijk mag je,' antwoord ik vriendelijk. Ik heb een invalklasje. Vierentwintig tweedeklassers. Zo-even stuiterden ze nog uitgelaten over mijn meubilair, maar na een knallende preek zitten ze braaf te werken. Nu moet er eentje plassen. Hoog tijd om didactisch begripvol te knikken. Hij huppelt bij voorbaat opgelucht mijn lokaal uit en staat twee tellen later beteuterd weer binnen.

'Dat is snel,' zeg ik verbaasd.

'Ik moest terug van adjunct B. Ik mag niet plassen tijdens de les,' meldt hij.

'Van mij wel,' zeg ik meteen recalcitrant. Is die B. nu helemaal een haartje betoeterd. 'Loop maar mee. Ik moet toch even het absentenbriefje inleveren.' Ik loods het kereltje over de gang en zie B. in het lokaal van buurvrouw Engels staan. Ik ruk de deur open en roep melig: 'Die jongeman mag wel plassen, hoor. Hij heeft een briefje van de dokter!' Zo, dat zal die B. leren in te grijpen in mijn beslissingen. Ik zit allang weer achter mijn bureau als het joch terugkeert en zegt: 'Ik kwam B. tegen. Die wil het briefje van de dokter zien.' Mensenkriebels. Ik zucht. De klas kijkt me vol verwachting aan.

'Zeg hem maar dat ik het briefje kwijt ben. Weet je wat? Ik schrijf wel een briefje aan meneer B.' Ik schrijf en praat hardop: 'Geachte heer B. Helaas kan ik het doktersbriefje van... Hoe heet je eigenlijk? Mark. Mooi. ... van Mark nergens meer vinden. In de hoop dat u mij dit verzuim niet kwalijk neemt, verblijf ik immer met de meeste hoogachting. Ziezo. Mooi hè?' De klas knikt vol bewondering en Mark vouwt het briefje zorgvuldig in zijn agenda. Dat zal hij straks aan B. laten zien. We nemen afscheid en zwaaien nog eens, want diezelfde middag mogen ze nog een uurtje van mijn fantasie genieten en daar verheugen ze zich nu al op.

'Ga wel allemaal in de pauze naar de wc, alsjeblieft,' roep ik ze nog na.

Die middag kondigt Mark meteen het volgende onheil aan.

'Meneer B. gelooft niks van dat briefje. Hij wil me naar de schooldokter sturen. Die heeft vanmiddag spreekuur.'

'Jullie hebben toch gezien dat Mark mij dat briefje gaf?' vraag ik aan de klas. Ze knikken allemaal. We hebben een mooi complot en we gaan tot het gaatje. 'Hoog tijd voor overtuigende actie,' zeg ik. Ik stapel alle spullen uit mijn la op mijn arm, pak de prullenbak en spoed me naar het kantoor van B. Daar laat ik de helft van de la-inhoud voor zijn voeten vallen en hijg: 'Ik zoek me suf. Maar ik kan het niet vinden!' B. vertrekt geen spier en zegt: 'Ik verdenk Mark van een vervalst doktersbriefje. Ik wil het echt zien. We hebben al meer met hem meegemaakt. En ik laat hem oproepen door de schoolarts.' Daarna helpt hij me de inhoud van mijn la op mijn arm te stapelen. Ontmoedigd ga ik terug.

De klas kijkt nog hoopvol, maar ik schud mijn hoofd en begin een nieuwe brief: 'Lieve meneer B. Ik ben het briefje niet kwijt. Ik heb helemaal geen briefje. Dat heb ik maar verzonnen. Ik schaam me diep en besef dat ik hiermee alle schoolregels ondermijn. Nederig smeek ik u om excuus. Blabla, en zo...' De klas zucht vol medelijden. 'Nu moeten we dat briefje brengen,' knik ik. Mark staat op en zegt: 'Zal ik het doen?'

'Graag,' zeg ik laf.

LAAT DAT JOCH NOU GEWOON EVEN PLASSEN, ZEIKERD!

AGENDA

'Hoe komt die jongen aan een 3 voor gym?' vraagt baas boos tijdens de rapportvergadering. Sportleraar legt uit. Die jongen moest een werkstuk inleveren. En dat deed hij niet. Voor huppelen kreeg hij een 6. Gedeeld door twee. Baas kan daar weinig tegen inbrengen. Want wij knikken. Wij weten dat die jongen nooit iets inlevert. Daarom is de rest van zijn cijfers ook om te snikken. Die jongen is trouwens de enige niet. Hoe krijg je leerlingen zover dat ze thuis iets doen voor school?

'Die jongen schrijft zijn opdrachten toch in zijn agenda? En dat controleren zijn ouders toch?' zou mijn oude vader verbaasd mompelen. Mis. Ten eerste heeft die jongen geen agenda. Of hij heeft wel een agenda, maar hij weet niet waar. Of hij wil niet weten waar. Kortom: geen leerkracht krijgt die jongen ooit zover dat er daadwerkelijk iets in een agenda geschreven wordt. Want een agenda is zo not cool. Dat is iets voor studiebollen. Stel je voor dat je van zoiets sufs wordt verdacht. Nee, in het beste geval zegt die jongen: 'Ik zet het wel in mijn schrift.' In het ergste geval zegt hij: 'Ik onthou het wel.' Een kwartier later zie je hem wazig naar je staren. Hij lijkt te denken: wie is die mevrouw? Ik ken haar ergens van. Maar zeker weet ik het niet. En die jongen beweert dat hij precies kan onthouden dat hij over drie weken een opdracht moet inleveren. En stel dat die jongen ouders heeft die zijn agenda controleren, dan krijgen die ouders de bekende zin te horen: 'Ik heb geen huiswerk.'

Waarschijnlijk krijgen zij dan die geheimzinnige agenda te zien: maagdelijk blanco en zo goed als nieuw.

'Gooi al die kinderen zonder agenda dan de gang op,' hoor ik in gedachten mijn wijze grijze pa. Ach, zouden we dat doen, dan zaten de gangen voller dan de lokalen. In de praktijk werkt zo'n maatregel niet.

Toch heb ik twee methoden ontwikkeld om opdrachten binnen te krijgen. De eerste is simpel. Met sommige ouders maak ik de afspraak ze te bellen bij iedere opdracht. Dan geef ik telefonisch het huiswerk door. Succes verzekerd. Die ouders hebben namelijk wel een agenda.

De tweede is nog simpeler. Ik noteer het met pen op hun hand. Tot voor kort een effectieve methode. Ik gebruikte de hand-met-inktmethode namelijk ook voor 'Jas uit!' Na drie keer hoefde ik alleen maar op ze af te lopen met mijn pen. Dan ging die jas al uit. Topmethode dus, tot er in klas 4D vier slachtoffers naar die tekst op hun hand zaten te staren en een vijfde zijn hand voor mijn neus hield en opmerkte: 'Het kan te gek ook, hè?' Op die hand had hij met koeienletters geschreven: 'Broek uit!' Om misverstanden over mijn opdrachten te voorkomen heb ik deze methode nu maar afgeschaft.

E-MAIL

Zorgwekkende berichten van de pedagogische academie: van elke dertig studenten die aan hun opleiding beginnen, zakken er in het eerste jaar vijftien voor de rekentoets en maar liefst twintig voor de taaltoets. Het niveau van beide toetsen ligt iets boven het eindniveau van de basisschool, dus zo'n extravagante eis wordt hier niet gesteld. Ik vind dat je als docent mijlen boven je leerlingen moet staan. Ik vind het lekker om me 'De Dikke Van Dale' te voelen en glim als ik hoor zeggen: 'Vraag maar aan Van den Berg. Die weet het wel.' Ik kan zeventiende-eeuwse teksten ontleden. Zinnen van P.C. Hooft, tweeënhalve pagina lang, in hapklare brokken. Ik veer op bij het bericht dat de Koninklijke Bibliotheek het Gruuthuse-handschrift heeft aangekocht en ken gedichten uit mijn hoofd. Ik weet dat de geur van knoflook van je handen verdwijnt als je ze afveegt met aluminiumfolie en ik heb maandverband, tampons en papieren zakdoekjes in mijn bureaulade voor noodgevallen. Is dat een vogel? Is dat een vliegtuig? Nee! Dat is superjuf! Superjuf die met autoriteit kan zeggen: 'Dat moet je zelf opzoeken. Dat is nu jouw persoonlijke opdracht.' Daar trappen kinderen namelijk in, als je veel weet. En dan kun je het in de tussentijd zelf opzoeken. Want in opzoeken ben je sowieso beter dan je leerlingen!

Nu is taal en rekenen wel bij te spijkeren. Ik schrok niet eens zo van het resultaat. Waar ik wel van schrok, was het verweer van een gezakte pabostudente. Ze klaagde dat de norm zo streng was. Ze legde vol zelfbeklag de schuld van de enorme uitval bij de toetsnormering. Kromme tenen krijg ik van zo'n mentaliteit. In een taaltoets en een rekentoets op dit niveau mag een pabostudent geen enkele fout maken. Dit moet je lachend, met twee vingers in je neus en een hoed op, kunnen afleveren. Punt uit. Ooit schreef ik een opstel voor mijn akte Nederlands MO-a. Daar mocht ik geen spelfout in maken. Eén fout en je was gezakt. Geen deelnemer die daarover mekkerde. Streng, maar logisch. Een docent Nederlands mag in eigen teksten geen spelfouten maken. Ik piekerde lang over 'hartstikke'. Met een t of een d?

Ik slaagde. Ik mag dus taalopdrachten becijferen van mijn leerlingen. Vmbo-kaderberoepsgerichte leerweg. Thomas kiest een creatieve opdracht bij een leestekst: 'Kim denkt dat Renko Floortje bedriegt. Ze heeft Renko immers met Willemijn betrapt. Misschien weet haar vriendin raad. Schrijf de e-mail van Kim aan haar vriendin.' Thomas schrijft:

'MMmm K ziT Met euN ProBleemPie... Je Weet ToG wel Renko diE gaST dIe met FloortJe HeEfT Na K dEnk dt Ie FloortJe aan Eut BelAzeRn Izzz Wnt Hij Zit Nu SteeDz mEt Die SleT WillEmIjn MaAr FloortJe DeNkt Dat Renko D'r Nog SteedS LeUk Vnd Ma K WeEt ZeKer VaN nIE K wEEt Nie Egt Wat K moe DoEn?

Kuzzzieszzzz Luve Ya KimmY

Ps. Dizzz Is BeTween Uzzz, oKy Gnn woORd teGN FloortJe!!!

Daar krijgt Thomas dus een 9 voor. Dit is een hedendaagse e-mail van een jongere. Opdracht goed uitgevoerd. Net als mijn opstel destijds. 'Hartje Haarlem, hartstikke gezellig.' Dat leverde me ook een 9 op.

STAGE

'Wat moet je nou,' sist Noëlla. Ze trapt de tafel van buurvrouw Stephanie opzij. Die vliegt omhoog en krijst: 'Wat nou, bitch?'

'Uitstekend idee, meiden. Een knokpartij. Maar niet in dit lokaal. Spreek maar buiten af. Dan kom ik ook kijken,' bied ik luchtigjes aan. Die methode werkt al jaren. Nu ook. Stephanie pakt haar spullen en verhuist naar een andere plek. De rust keert weer. Tot ze een propje tegen haar hoofd krijgt en Noëlla beschuldigt. Die zit meteen verontwaardigd met twee handen in de lucht. En ik? Ik schud mijn oude wijze hoofd en lees mijn aantekeningen van de afgelopen teamvergadering. Baas deelde mee dat onze tweedeklassers dit jaar op maatschappelijke stage gaan. Dat wil onze nieuwe regeringscoalitie. Vooral het CDA is vastbesloten om alle leerlingen iets aardigs te laten doen in de maatschappij. De inspectie vraagt ons: 'En? Wat doet u met uw leerlingen om ze sociaal te integreren? En ze in aanraking te laten komen met actief burgerschap?' Ik zou antwoorden: 'Ik zorg ervoor dat Stephanie Noëlla geen bloedneus slaat.' Maar dat is niet voldoende. Beide dames moeten vrijwilligerswerk gaan doen.

Scholen zijn er al een tijdje mee bezig. In 2006 vroegen zo'n 70.000 kinderen een stageplek bij vrijwilligersorganisaties. Die konden de stroom nauwelijks aan. Als het regeerakkoord uitgevoerd wordt, gaan in de toekomst alle kinderen op pad. Drie maanden lang. Deels in hun vrije tijd. Onze school vindt een weekje een mooi begin, want het is een heel geregel.

Stagejuf heeft haar handen vol aan het project. Ze is vrijgeroosterd en wordt vervangen door, jawel, een stagiair. 'Moeilijk om plekken te vinden,' vertelt stagejuf. 'Voor ziekenhuizen en verpleeghuizen zijn de kinderen veel te jong. De begeleiding kost veel tijd en daar hebben organisaties geen trek in. Die hebben het al druk genoeg. De meeste kinderen vinden een plek op hun oude basisschool. Daar helpen ze een handje.' Zullen die basisscholen wel blij mee zijn, denk ik cynisch. Bovendien, wat is het doel? Meneer Balkenende legt uit: 'Ze moeten kennismaken met de maatschappij.' Nu ziet de maatschappij er voor Noëlla en Stephanie heel anders uit dan voor onze minister-president. Ik denk dat Balkenende eigenlijk wil dat jonge mensen kennismaken met de maatschappij zoals die zou moeten zijn. De wereld van J.P., met waarden en normen en naastenliefde. Onderwijl spring ik tussen Noëlla en Stephanie in, omdat de een met messcherpe acrylnagels een uitval doet naar de ogen van de ander. De wetten van de straat tegenover het sprookje van het torentje.

Het moet anders kunnen. Simpeler. Dus ik heb de oplossing bedacht. We zetten een deel van alle tweedeklassers een dagje of twee, drie bij bussen en trams. Daar assisteren ze met in- en uitstappen en zwaaien alle reizigers na. Een ander deel gaat bij supermarkten boodschappen helpen inpakken. De rest kiest een project uit van de website www.blijbedrijf.nl. Daar staan prima suggesties op. Stiekem lekke fietsbanden repareren, mooie gedichten achterlaten in wachthokjes, te veel om op te noemen. Minder organisatie, minder lesuitval en de wereld wordt er veel gezelliger van. Stagejuf kan weer voor de klas, Balkenende behoudt zijn sprookje en ik word er vrolijk van. Want in de derde klas lopen ze vier dagen stage bij een bedrijf. Daar ziet iedereen het nut wel van in.

MIDDELVINGER

Ik ben niet zo geschikt voor de onderbouw. Ik ben te bot. Te vals. Ik sla niet. Maar ik gesel wel af en toe. Met woorden.

'U bent soms echt een heks,' zegt Sammy oprecht verontwaardigd als ik heb opgemerkt dat er uit haar hoek geluiden opstijgen van het niveau 'kinderboerderij'. En ik, liefjes: 'Kind, je klinkt als een zeug die moet biggen.'

'Echt een heks,' herhaalt ze nog maar eens. Ze heeft al meer moeten incasseren. Het aanbod om te solliciteren in een viskraam op de markt, de belediging dat ze zich gedraagt alsof ze in de verkleedhoek zit van de kleuterklas en ontelbare varianten op beide aantijgingen. We kunnen wel wat van elkaar hebben. We gaan gewoon weer aan ons werk en dat is ook precies de bedoeling. Maar een brugsmurf met een pril en onbedorven zieltje kun je onherstelbaar beschadigen, vrees ik. Doe mij maar bovenbouw. Dat verdraagt een stootje.

Gisteren kwam ik zo'n brugpiepertje op de gang tegen. Hij kwam tot aan mijn oksel. Hij passeerde me en knalde de klapdeur met zoveel geweld open dat het minutenlang nagalmde in de hoge gang. Opvoeden doe je in het onderwijs in alle hoeken en gaten en dit geknal kon echt niet door de beugel.

Ik gebied: 'Jongeman, kom jij eens terug.' Hij doet alsof hij me niet hoort. Foute beslissing. Ik neem drie grote passen en tik hem dwingend op de arm.

'Vertel eens, waarom ram jij zo met die deur?' Even zie ik

twee waterige ogen boven een rood neusje. Dan heb ik alweer uitzicht op een kruintje.

'Kijk me eens aan?' Hij brult. Tranen knallen eruit. O jee, zie je wel. Ik kan het niet. Deze is alweer gekwetst. Wat heb ik gedaan? Ik schaam me diep, en vraag vol begrip: 'Ben je zo boos?' Het kruintje gaat op en neer.

'En waar ga je nu naartoe?' Hij wijst met een trillend vingertje in de richting van de directeurskamer.

'Ben je daarnaartoe gestuurd?' fluister ik meelevend. Hij schudt zijn hoofd en kijkt me kort maar zeer uitdagend aan. Ik veer op. Ha, dit is een brugmug met een missie. Daar hou ik wel van.

'Ga je je beklag doen? Ja? Over wie?' Ik druk de vrolijke nieuwsgierigheid zo goed mogelijk weg. Het lukt. Hij zegt: 'Over meneer Dinges.' Details, pukkie! Ik wil details! Ik krijg ze en mompel meelevend. Erg hoor, dat je overal de schuld van krijgt. En je doet niks! Sjonge. Zei meneer Dinges dat echt? Nounou, daar is geen woord Frans bij!

'Maar je mag evengoed niet met de deur rammen. Dan gaatie stuk. Dat kan toch nooit de bedoeling zijn, wel?' vermaan ik. Hij haalt zijn schouders op. Van een vierdeklasser zou ik zo'n reactie niet hebben gepikt, maar van dit frummeltje, nou ja... Ik wens hem sterkte bij zijn kruistocht, verman mezelf en aai hem niet bemoedigend over zijn met wax geboetseerde stekeltjes. Het glas van de deur weerspiegelt de dappere kabouter, op weg naar de directeur. Het hoofd geheven. Ach, schattig. Ik ben bijna bij mijn lokaal. Dan keert het kwetsbare zieltje zich om en steekt in een flits zijn middelvinger op naar mijn rug. Weg is hij. De hoek om. Ik snap niks van die prille en onbedorven kindertjes. Doe mij maar bovenbouw.

LAXEERMIDDEL

'Als we nu eens eieren tegen de muur gooien? Denkt u dan dat we daar problemen mee krijgen?' 'Of als we de directeur en de leraren gijzelen?' 'Kunnen we misschien de school paars verven? Of alleen de ramen?' Ieder jaar krijg ik zulke vragen. 'Wat denkt u? Kunnen we dat maken als eindexamenstunt? Of krijgen we dan geen diploma?'

'Je moet ervoor zorgen dat je geen mensen of dingen beschadigt. Het moet leuk en origineel zijn,' vind ik. In mijn hart hoop ik ieder jaar op iets wonderbaarlijks. En er gebeurt nooit iets. Op mijn vorige school kraakten de kinderen altijd de aula om een middernachtelijk examenfeest te houden. Dat alles in overleg met de conciërge en na toestemming van de directeur. Een paar diehards hielden het gebouw de volgende ochtend nog een uurtje of wat bezet, maar dat stelde meestal weinig voor. De laatste twee jaar waren alle leerlingen al naar huis ver voordat de nieuwe schooldag begon. Eenmaal zijn we met een stel collega's midden in de nacht naar binnen geklommen om de bezetters te verrassen. Het bood een treurige aanblik: een donkere aula, dreunende muziek, veel kapotte glazen en een handvol bezopen eindexamenkandidaten. De enige die rechtop stond, groette ons beleefd en totaal niet verrast. 'Dag allemaal.' 'Dag jongen,' zeiden wij. 'Ik ga even slapen,' kondigde hij aan. Wij knikten meelevend en gingen zelf ook maar naar huis. Het insluipen was wel de moeite waard geweest. Ik heb nog dagen spierpijn gehad van de lachbui bij de aanblik van naaldvakkenlerares die boven op een hek in het prikkeldraad bleef steken. Maar verder? Niks aan.

Op mijn huidige school gebeurt niets. 'Ik zou niet willen dat er iets mis zou gaan,' vindt Danny. 'Ik heb hier vier hartstikke leuke jaren gehad.' Ik kijk hem ontroerd aan. De schat. En iedereen maar mopperen over de jeugd van tegenwoordig. Hoor hem nu eens! Hij neemt onmiddellijk iets van mijn vertedering weg door op te merken: 'Om dat allemaal te verpesten door geen diploma te krijgen, dat risico neem ik niet.' Een stuk minder vertederend dan zo-even, maar het blijft een verstandige jongen. Dat wel. Ik knik tevreden.

'Eieren kan altijd. Die poets je er zo weer af,' vindt Mandy. Ze oefent alvast een werpbeweging, waarvoor haar buurvrouw moet bukken.

'Eiwit is als lijm,' meld ik. Met eieren hebben we ervaring. Vorig jaar gooide iemand een ei. Het scoorde precies 0,3 seconden lach. Want echt grappig is het natuurlijk helemaal niet. Het is helemaal niks.

'Ik vind eieren pas leuk als ze met duizenden tegelijk uit een helikopter worden gegooid. Daar haal je de krant mee,' zeg ik. Mijn zienswijze opent nieuwe perspectieven. Ze moeten er nog eens goed over nadenken. Danny heeft een idee. Hij regelt en fluistert en giebelt. Aan het eind van het uur besluit hij me deelgenoot te maken. Ik heb zo goed meegeholpen. Als dank mag ik dit briljante plan aanhoren. Ze gaan trakteren op milkshakes. Daar stoppen ze laxeermiddel in. Is dat niet lollig? 'Niet in die van u, hoor,' stelt hij me gerust. 'Gelukkig maar,' knik ik. Ik zucht onhoorbaar. Dit jaar wordt het dus ook weer niks.

NIVEAU

Stel nu, je bent een oude, wijze minister met veel verantwoordelijkheidsgevoel voor het opleidingsniveau van je land. Je piekert eens wat en dan bepaal je dat er nooit meer een leerling mag blijven zitten. Als een kind een bepaald niveau niet haalt, dan moet-ie een stapje terug. Naar een andere school. Waar het gemakkelijker is. Maar ook daar mag hij niet blijven zitten. Dus als hij daar faalt, gaat hij weer een stapje terug. Tot er geen stapje terug meer is. Dan zit hij op het vmbo in de basisberoepsgerichte leerweg. Daar kan hij helemaal niet meer blijven zitten. Zeker niet als hij nog leerplichtig is. Wat zal het gevolg zijn van zo'n onderwijssysteem?

Het gevolg zal zijn dat leerkrachten de inhoud van hun vakken gaan bijstellen. Dat ze zich gaan afvragen of het belangrijk is dat een kind het werkwoordelijk gezegde kan onderscheiden van het naamwoordelijk gezegde. Hebben ze dat nodig voor hun verdere ontwikkeling? Zijn er Duitsers die Duits spreken zonder te beseffen dat het naamwoordelijk deel van het naamwoordelijk gezegde in de eerste naamval staat? Vast wel! Dus? Laten we ontleden maar schrappen. Het is al moeilijk genoeg kinderen te motiveren en als je niet weet waar het eigenlijk voor nodig is, blijf je nergens. We kunnen beter vage eisen stellen. Die noemen we 'competenties', dan lijkt het nog wat. Zoals: 'Je kunt de basisbegrippen van de Nederlandse taal begrijpen, hanteren en toepassen.' De leerling bepaalt het niveau van de vakinhoud. Leerkrachten die voet bij stuk houden, zijn vakidioten. Ze sterven vanzelf uit, aan hartkwalen en hoge bloeddruk.

Ach, zolang kinderen voldoen aan de exameneisen, is er niets aan de hand. En die eisen staan vast. Toch? Nou ja, niet helemaal. Ieder jaar stuurt iedere school het werk van de eerste leerlingen van de lijst op naar het Centraal Instituut voor Toetsontwikkeling (Cito). Op basis van die gegevens stelt het Cito de cijfernorm vast. Als het niveau landelijk daalt, past het Cito de cijfers aan. Wie stelt er nu de exameneisen vast? De leerling. Al weer de leerling. Ieder jaar gaat-ie over. Tot zijn eigen verbazing. Al weer een jaar niks gedaan en toch niet blijven zitten. Vier jaar geen spat uitgevoerd en toch geslaagd. Hoe is het mogelijk! Hoe is het mogelijk? Omdat ze niet mógen blijven zitten! Daardoor is het mogelijk. Daardoor holt het onderwijs inwendig uit en kunnen we geen eisen stellen aan de inhoud. Dat is heel erg. Maar het ergste vind ik dat we kinderen de maatschappij in sturen die niet gewend zijn een prestatie te leveren. Die niet gewend zijn dat er eisen aan ze gesteld worden.

Ieder jaar ben ik blij dat kinderen slagen. Oprecht blij. Want het blijft een bijzonder feestje. Maar ieder jaar ben ik ook verdrietig om het enorme verschil tussen het niveau nu en het niveau van vijfentwintig jaar geleden. Dan hoop ik zo dat er een nieuwe wijze minister eens gaat zitten piekeren. En dat hij besluit: 'Vanaf nu mogen kinderen gewoon weer blijven zitten. Net als vroeger.' Wedden dat het niveau dan omhooggaat?

SCHAAMHAAR

'Neem soep,' raadt administratiemevrouw aan. Sinds de komst van de veelgeprezen oploszakjes stinkt haar werkruimte naar een bouillonblokjesfabriek. De waterkoker maakt overuren. Helemaal op de klaver voor nog geen 5 calorieën! Wie wil dat nu niet? Wij allemaal! Want wij werken in een school met koks en bakkers. Vrijwel iedere dag fabriceren onze schatjes hartige deegflapjes, verse appelbeignets, roomhoorns en kaascroissantjes. Alles ruim boven 300 calorieën en ook nog voor een habbekrats. Kreun.

'Jak. Soep,' zeg ik. Ze kijkt me verwachtingsvol aan. Staat hier een zuster in het kwaad? Wil deze op strooptocht naar iets lekkers? Jawel. Deze wil. Ik zeg: 'Ik heb zin in slagroomsoesjes, met chocola die nog een beetje warm is. Of een bekertje versgeslagen mangoijs. Of misschien een beetje wilde zalm op knapperig stokbrood met een dille-mosterdsausje en een vleugje honing.' Ze staat al naast me en zegt: 'Een rondje? Ik ga mee.'

In de bakkerij spuiten kinderen streepjes op een plankje. Ze hebben een spuitzak vol crème en oefenen braaf onder regime van bakkermeester. Of dat lekker is? Hij lacht satanisch en veegt hoofdschuddend alle scheve bibberstreepjes van het bordje van leerling Michael. 'Proef maar!' De klas schudt het hoofd. Ze hebben zelf al geproefd. Michael fluistert: 'Het is fucking goor. We staan hier al een uur. Ik kan er geen reet van. Fucking ruk.' We wensen ze sterkte, zwaaien nog eens, rennen de gang op en krijgen daar pas een lachbui.

In de hal zit Bert, zijn hoofd in zijn handen, de pijpen van zijn serveerbroek tot ergens halverwege zijn kuiten.

'Zo Bert! Eruit gestuurd vanwege niet-passende kleding?' willen wij weten. Mooi niet. Die broek heeft hij pas twee jaar. Nu zit hij in een groeispurt. En bij zijn pa groeit het geld niet op de rug. Nee, het is de sla. De sla? Jawel. Serveerleraar wil tijdens oefenles soorten sla horen. En Bert weet er één. 'Van dat schaamhaar,' mompelt hij somber. Administratiemevrouw en ik kijken elkaar aan. Die soort kennen wij niet. Even nader informeren.

'Zo noemt kookleraar het altijd. Dat fijne spul. Alfalfa of zo. Ik weet ook nog die rode. Die noemt hij rood schaamhaar. Maar daar ben ik niet meer aan toegekomen. Toen lag ik er al uit.' Hij schudt zijn hoofd om zoveel onrecht.

'Wat moet je nu doen?' vragen wij.

'Nadenken over schaamhaar,' kreunt Bert.

We houden ons gezicht in de plooi en bezoeken het kooklokaal. Daar staat de aanstichter van deze spraakverwarring over sla. Hij heeft een grote kom mayonaise in zijn handen en onthult brugklassers geheimen over olie en eidooiers. Willen wij proeven? We dippen voorzichtig een pink, kookleraar tilt de kom op en we zitten tot onze pols in de mayo. De brugmuggen brullen en kookleraar glimt van pret.

'In de keuken gelden andere taalregels dan in het restaurant,' legt hij uit. 'Dat heeft Bert maar weer mooi geleerd vandaag. Willen jullie frieten bij die mayo? Dan moeten jullie morgen terugkomen.'

Dus proosten we even later toch maar met een bekertje tuinkruidenbouillon.

'Veel te lachen. Weinig te eten,' vat administratiemevrouw samen.

'Mooi rondje,' zeg ik.

STRING

Ze zijn vrienden. Al jaren. Met de meiden heeft ze niet zo'n contact. Wel met hem. Hij is leuk. En eerlijk. Ze zitten al drie jaar lang vlak bij elkaar in de klas. Als zij een grapje fluistert, moet hij lachen. En als hij ergens de schuld van krijgt, komt zij voor hem op. Allemaal pro Deo. Voor hem.

Nu zit ze vlak voor me met een rekenmachine. Ik noem de cijfers op en zij rekent het gemiddelde uit. Ze is accuraat en geconcentreerd. Nog even, dan hebben we alle cijfers klaar.

'Hebt u de rapportcijfers al?' zeurt Clarence.

'Wat denk je dat we aan het doen zijn?' snauwt ze. Achter in de klas breekt een opstandje uit. Charmaine gilt, rent rond. Ik roep: 'We zijn hier niet aan het oefenen voor de avondvierdaagse. Ga eens zitten! Als ik op jullie moet letten, komen die cijfers pas morgen!' Dat helpt even. Ik noem op. Zij rekent. Ik vul in.

Hij is vlak achter haar komen zitten. Hij reikt naar voren. Er knalt iets. Ze schreeuwt. 'Hé!' In een reflex keert ze zich om en haalt uit. Knal. Tegen zijn wang. Hij aarzelt geen moment. Drie keer zo hard ramt hij terug. Met zijn vlakke hand.

'Niemand slaat me!' roept hij. 'Smerige hoer!' Ze zit als versteend, haar hand op haar wang. Hij loopt naar zijn plaats, pakt zijn tas, sist nog iets in haar richting dat te maken heeft met publieke functies op de Wallen en loopt dan het lokaal uit.

'Wat gebeurt hier?!' vraag ik verbijsterd.

'Hij trok keihard aan mijn string,' zegt ze met tranen in haar ogen.

Als de bel gaat, blijft ze nog even zitten. Ze huilt hartverscheurend. Want hij had dat toch niet hoeven zeggen? Over hoer en over... Nou ja, ik heb het allemaal ook gehoord. Die klap van haar, dat was een reactie. Maar wat hij deed? Ze blijft in de klas. Ze wil even niemand onder ogen komen. Ik ga koffie halen. En ik besluit hem meteen maar op te halen. Dan komt alles weer goed. We praten het uit, leggen uit dat we het niet zo bedoelen en klaar. Denk ik.

Natuurlijk loopt hij met me mee. Hij denkt dat hij straf krijgt vanwege zijn uitbarsting. Dat ik aanbied om met haar te gaan praten, omdat ze nu zo verdrietig is, daar had hij niet op gerekend. Hij fronst.

'Niemand slaat me. Zelfs mijn moeder niet.'

Ik zeg: 'En niemand trekt aan haar string. Zeker haar vader niet.' Hij lacht honend. Niemand? De hele wereld, als die het wil. Hij weet er zeker een paar te noemen die van alles kunnen, mogen en ook doen. Want een meisje dat er zo bij loopt, is een hoer. 'Je ziet haar string boven haar broek uit!' Hij maakt een gebaar met zijn handen dat zegt: bewijs genoeg. Nietwaar? Twee donkere ogen kijken me recht aan. Ik zie er zijn afkomst in en vooral zijn toekomst. Daarin past geen vriendschap met een blond meisje in een strak truitje en een string. Daar verander ik niets aan. Dus ik keer me om en loop weg. En ik hoop maar dat hij daar nog even heeft gestaan. In verwarring. Maar dat is niet zeker. Tegen haar zeg ik: 'Ik snap dat je heel verdrietig bent. Want je bent een vriend kwijt. En die komt nooit meer terug.'

PAPIERWINKEL

Ooit was mijn keus voor dit vak zo eenvoudig te verklaren. Ik had kinderen. En een onderwijsbevoegdheid. Je bent wel mal als je dan niet voor de klas gaat staan. Vijftien lesuren. Beetje voorbereiden. Beetje nakijken. Af en toe een vergadering. Werken onder schooltijd. En net zulke lange vakanties als de kinderen. Heerlijk. We waren met velen. Allemaal jonge moeders voor de klas. Parttime werken met voldoende tijd over voor ons huishouden en de opvoeding van onze kinderen. Waardevolle hoekstenen van de samenleving. Aan alle kanten.

En nu? Nu heb je als fulltimer een normjaartaak van 1659 uur, waarvan je 750 uur voor de klas staat. Wie heeft dat bedacht? Wie heeft mijn wereld zo nodeloos ingewikkeld gemaakt? Geen idee. Ik bezit stapels papier met griezelige berekeningen, die ik weer moet herleiden tot mijn parttimebaan. Mijn baas moet toezien dat ik niet te weinig doe. En ook niet te veel. Dus maakt hij berekeningen, die ik weer moet controleren.

Ik geef nu 13 uur les. Verdeeld over drie dagen. Beetje nakijken, beetje voorbereiden, prima. Daar heb ik wel tijd voor. Ik ben een simpele pudding. Want ik geef helemaal geen 13 uur les. Met die 13 uur heb ik een deeltijdfactor van 0,56. Dat betekent dat ik meer dan een halve baan heb. Laten we nu eens uitgaan van een normale werkweek van 40 uur, dan moet ik dus minstens 22 uur in de week aan school besteden.

Toen die rekensom voor het eerst tot me doordrong, kreunde ik al meteen: 'Maar daar heb ik allemaal geen tijd voor!' Baas stelde me gerust. Voor voorbereiding en nakijkwerk mag ik 25 procent rekenen en voor scholing 10 procent. Maar dan ben je er natuurlijk nog lang niet. Dus ik moet schooltaken aanpakken. Voor elke taak moeten we een protocol ontwikkelen dat uiteindelijk in een schriftelijke rapportage op een bureau belandt, zodat bij inspectiebezoek de hele papierwinkel kan bewijzen dat op deze vestiging iedereen precies doet wat de ambtenaren in Den Haag allemaal hebben bedacht. Ik geloof dat er in dit ambtelijke land nog nooit zoveel papier is gebruikt als juist sinds de komst van de computer. Maar goed. Het moet. Dus we ontwikkelen, vullen in, schrijven verantwoordingen en rapporten. Verder adopteren we een lokaal dat we schoonhouden, schilderen en kauwgumvrij bikken. We organiseren reisjes en uitstapjes, houden open avonden en maken heel wat uren. Als we mopperen, merkt de baas fijntjes op: 'Er zijn scholen die hun personeel verplichten gewoon veertig uur in de week lijfelijk in het gebouw aanwezig te zijn. Dat doe ik niet. Dus wees maar blij met me.' Dan mopperen we weer een tijdje buiten zijn gehoorsafstand.

Maar wat is nu het ergste van die normjaartaak? Het ergste zijn de verplichte vergaderingen. Geen idee hoe de baas dat voor elkaar krijgt, maar die vallen altijd op dagen dat ik niet op school ben. En dan moet ik toch opdraven. In het ergste geval ben ik vijf dagen in de weer voor die dertien lesuurtjes.

'Ik vind school niet meer zo ideaal voor parttimers,' verzucht ik op een dag tegen een adjunct-baas. Hij pareert fijntjes: 'Het omgekeerde is ook waar. Parttimers zijn ook niet zo ideaal voor school.' En daarmee verwoordt hij het treurige standpunt van veel werkgevers. Of dat nu in het onderwijs is of in welke bedrijfstak dan ook. Dat is een griezelige ontwikkeling. Vooral voor vrouwen.

IK BEN 5 DAGEN IN DE WEER VOOR 13 LESUURTJES!
WIE KUNNEN ER NOU NIET REKENEN?!
DE KINDEREN OF WIJ!?
DIRECTIE

JEUK VAN LEUK

'Waarom doe jij niks leuks met de open avond?' vraagt geschiedenisman. Hij deelt met mij het lokaal en heeft het hele bord volgekalkt. In rood, groen, blauw en geel staat er te lezen dat je mee kunt doen aan de 'Intelligente Ouder Quiz!!!' De eerste prijs is een appeltaartje, de tweede gevulde koeken en de derde prijs een pakje kletskoppen. Alles uit eigen schoolbakkerij. Geschiedenismeneer heeft twee leerlingen uitgenodigd om quizmaster te spelen. Hij kijkt vol misprijzen naar mijn tafel met werk van leerlingen, boeken, stencils en ander in mijn ogen heel nuttig materiaal. Ik werp eenzelfde blik op zijn pupillen. De ene is hyperactief en stuitert rond. De andere is winderig. Daar moet de ene dan telkens hysterisch om lachen.

'Ik doe leuk zat. Ik laat brieven zien, sollicitatieprojecten en leesdossiers. Ik beantwoord alle vragen en lach daar lief bij. Ik laat zien wat ze hier leren. En leren, dat is voor mij al leuk genoeg,' zeg ik liefjes.

Open avonden zijn op scholen aanleiding om alles uit de kast te trekken wat er de rest van het jaar doorgaans in verborgen blijft. Overal staat snoep, alle computers werken, op elk beeldscherm beweegt iets heel informatiefs, alles is opgepoetst en op de wc-deuren zijn alle vieze woorden overgeverfd. Er is meestal een puzzeltocht dwars door het gebouw en alle leerkrachten zijn aardig, voor een avondje. Positieve leerlingen zeggen positieve dingen en laten zien hoe knap ze zijn geworden op deze unieke school. Al die unieke scholen zijn op een open avond vreemd genoeg opmerkelijk identiek.

'Je had er best iets meer werk van kunnen maken,' vindt geschiedenismeneer.

'Ja. Dat had ik inderdaad,' zeg ik. 'Hou jij nu maar dat ene scheetje van je bij die appeltaart weg. Zet hem een beetje bij het open raam.' Om de term 'scheetje' moet de hyperactieveling zo lachen, dat geschiedenisman hem toevoegt dat hij maar één kans krijgt zich te vermannen. Lukt dat niet, dan moet hij naar huis.

Na twee uur quizzen, stuiteren, praten en winden zijn we allemaal doodmoe. Gelukkig wordt het ietsje rustiger, zodat we de leerlingen met verlof sturen op een rondje door school. 'Maar dat je helemaal niks leuks doet, vind ik toch raar,' herneemt geschiedenisman. 'Het is een principe,' leg ik uit. Ik krijg namelijk jeuk van 'leuk'. Laatst zag ik een foto in een regionale krant van twee basisschoolkinderen die zogenaamd gingen trouwen. Zeer pril bruidje en bruidegom in prepuistjesstadium. Dat alles in het kader van een project over huwelijkssymboliek. Hartstikke fotogeniek, maar ik denk meteen: leer die kinderen toch breuken! Leer ze de tafels van vermenigvuldiging en de werkwoordspelling. Leer ze eens het Wilhelmus. Scholen zijn krampachtig bezig met leuk zijn. Op school moet je leren, vind ik. Want thuis blijft voor kinderen toch altijd leuker. Daar kan geen school tegenop. 'Dat vinden jouw schatjes ook. Wedden?' Geschiedenisman, die zijn tweetal net nog dreigde, fronst kritisch. Hyperpupil galoppeert naar binnen. Windekind loopt achter hem langdurig en hoorbaar leeg. Dwars door de gilbui heen zeg ik: 'Jullie mogen fijn een halfuurtje eerder naar huis.'

Ons duo brult opgelucht: 'Leuk!'

WERKSTUKKEN

'Nee hè? Voor economie moeten we ook al een werkstuk maken! En voor gym en voor toerisme en voor...'

'Dat weet ik, lieverds. Jullie hoeven voor mij geen werkstuk te maken. Ik ga jullie leren hoe je bij die andere vakken hoge cijfers kunt halen. Van mij krijgen jullie een werkstukkentrukendoos.'

Daar kikkert een kind van op. Dat is nog eens nuttig. En het voelt goed om samen in een complot te zitten. Een complot tegen al die andere leerkrachten die almaar werkstukken opgeven. Want wij hoeven niet uit te spreken hoe wij daarover denken. Dat snappen wij zo ook wel. Nietwaar?

Toch maar even zwart op wit: ik vind werkstukken onzin. Het moest verboden worden. Vandaag nog. Maar zo lang ons onderwijs nu eenmaal zo in elkaar steekt, leer ik ze hoe je een hoog cijfer kunt halen.

Les 1: presentatie levert punten op. Een mooi kaftje, plastic mapje, aandacht voor lay-out, duidelijk lettertype, kortom: 'Als je een beetje leuk aangekleed de kroeg in gaat, scoor je ook beter dan wanneer je een week je tanden niet hebt gepoetst.' Dat is een dure les. Letterlijk. Want alle kinderen die niet kunnen beschikken over een computer, scoren dus bij alle vakken lager. Geen geld voor een mooi mapje? Kost punten. Printerinkt te duur? Helaas. Kun je naar de copyrette voor een ringbandje? Punt erbij! Geplastificeerd kaftje? Wow. Punt extra! Is dat eerlijk? Nee. Dat is helemaal niet eerlijk. Maar zo werkt het wel.

Les 2: natuurlijk haal je informatie van internet. Iedere scholier is tegenwoordig al op jonge leeftijd uitermate bedreven in knippen en plakken. Daar hebben leerkrachten een hekel aan. Ze willen dat je die tekst zelf schrijft. Maar dat is enorm veel werk. Dus wat moet je doen? Als je knipt en plakt, vermeld je netjes de bron. De tussenliggende teksten schrijf je zelf. Of je herschrijft de tekst van een ander. Zorg dat je weet wat er in je werkstuk staat. En zorg dat je elk woord begrijpt. Al weer een duur lesje: computer met printer is niet voldoende. Toegang tot internet is een basisvoorwaarde voor een goed cijfer voor de werkstukopdracht.

Les 3: gebruik een duidelijke indeling. Maak een heldere inhoudsopgave, waarin je docent in één oogopslag kan zien welke inhoud ieder hoofdstuk heeft. Besteed aandacht aan inleiding, slot, dankwoord en bronvermelding. Zet minimaal één persoon in je dankwoord. Het maakt een goede indruk als je docent denkt dat je hebt overlegd over je werkstuk. Zo van: 'Nou zeg, die is er echt mee bezig geweest!'

Klaar. Einde minicursus. En waarop is de minicursus gebaseerd? Op het trieste feit dat leerkrachten werkstukken niet nakijken. Echt waar? Ja. Echt waar. Ze doen een eerste indruk op, bladeren erdoorheen en kijken of je hebt gejat of gewerkt. Als ze denken dat je hebt gewerkt en het ziet er ook nog gelikt uit, dat heb je minimaal een 7, vaker een 8 en soms zelfs een 9. Taalfouten? Letten ze niet op. Ze verbeteren ze ook niet. Ze melden het alleen aan mij. 'Nou zeg, die kinderen spellen toch beroerd!' Dat die spelling met sprongen vooruitgaat als ze vertellen dat die meetelt voor je cijfer, beseffen ze niet. Ze beseffen ook niet dat steeds meer ouders werkstukken maken voor hun kinderen. Kunnen je ouders dat niet? Ben je al weer in het nadeel. Al weer oneerlijk.

Kortom: werkstukken? Verbieden. Vandaag nog.

LEERPLICHT-AMBTENAAR

Administratiemevrouw is het helemaal zat. Ze zit met de absentenbriefjes van de eerste twee uur in haar handen en ziet het meteen. Mijn mentorkind Jacintha is er weer niet. Snotverdrie. De telefoon. Bellen. Nee, niet naar de mobiel van Jacintha. Dat heeft administratiemevrouw al drie maanden geprobeerd, maar voor tienen neemt Jacintha niet op. En ze belt ook niet naar de ouders. Die zijn niet bereikbaar. Alle nummers die Jacintha ooit heeft doorgegeven, zijn afgesloten. En alle nieuwe nummers die Jacintha daarna opgaf, ook. Maar dat kind moet wel naar school en administratiemevrouw neemt die taak hoog op. Dankzij haar zei een derdeklasser laatst tegen een onderwijsinspecteur: 'Hier spijbelen? Nou, dan ben je echt de lul!' Mede dankzij die heldere formulering kregen we een uitstekend inspectierapport.

Administratiemevrouw belt met onze leerplichtambtenaar. Als je die twee met elkaar combineert, krijgt elke spijbelaar acuut de rillingen. De ambtenaar heeft namelijk een fiets en is in hardnekkige gevallen niks te beroerd een kind thuis op te halen en naar school te brengen. Jacintha beschouwt hij zo langzamerhand zeker als hardnekkig. Hij hoort de boodschap aan en stapt op zijn fiets. Is dat een vliegtuig? Is dat een vogel? Nee! Het is de leerplichtambtenaar! Jacintha's moeder beziet het met stomme verbazing. Het is pas elf uur in de ochtend, dus ze is nog niet helemaal hersteld van de afgelopen nacht. Ze sjort haar badjas bijeen voor haar enorme boezem en laat leerplichtambtenaar gelaten toe tot de woning. Hij baant zich een weg door het gangetje vol fietsen, kattenbakken en oude kranten. Op de bank, onder kleren die opgevouwen, gestreken of nog gewassen moeten worden, ligt Jacintha's broertje.

'Ik wist niet dat die nog thuis was,' mompelt moeder betrapt. Want ook broertje is ijverig bezig met het opbouwen van een lijvig dossier.

'Hé joh! Naar school!' port ambtenaar. Het joch vertrekt meteen. Waarschijnlijk om zich ergens te verstoppen tot ambtenaar uit zicht is.

'Wat is er?' roept een zware stem uit de slaapkamer.

'Niks. Bemoei je er niet mee en ga weer maffen,' snauwt ma. En tegen ambtenaar: 'Als mijn man merkt dat die koters niet naar school zijn, is het hok te klein.'

'Jacintha?' klopt moeder.

'Wat moet je nou, teef?' kreunt iets vanachter de deur.

'Kom je nest uit,' krijst moeder. Er volgt nog een hoop tekst die niet voor herhaling vatbaar is, maar wel dient om dochter aan te sporen fris en monter haar opleiding te laten hervatten en zo te werken aan een zonnige toekomst.

Het heeft nog heel wat voeten in de aarde voor Jacintha gewassen, gekleed en opgemaakt is.

'Ik breng je,' zegt leerplichtambtenaar. Dat is geen service. Dat is een opdracht. Jacintha springt chagrijnig achterop de fiets. Hij meldt zich tevreden bij administratiemevrouw.

'Ik heb Jacintha afgeleverd. Ze is er.' Hij straalt bescheiden en wil graag koffie. Ze knikken elkaar toe. Dankzij ons wordt het nog wat met die kinderen, zie je ze denken.

In de hal kom ik adjunct tegen. Hij ziet mij en zegt bedachtzaam: 'Heb jij vanmiddag jouw klas niet meer? Wel? Dat is gek. Want toen ik zo-even uit de tram stapte, kwam ik Jacintha tegen. Ze zei me nog vriendelijk gedag en stapte in.'

TEAMBUILDING

We krijgen een dagje uit. Van de grote bovenbazen. Alle werknemers mogen op het strand spelletjes doen. Teambuilding, zo noemen ze dat. Het gemopper is niet van de lucht.

'We kennen die mensen toch helemaal niet?'

'Welnee. En dat willen we graag zo houden.'

'Wat moet zo'n grapje nou wel niet kosten?'

'Ik heb liever een paar nieuwe computers. En salarisverhoging.' Kortom: de stemming zit er op voorhand lekker in. Maar het is stralend weer en er is gratis eten. Dus ga ik op weg naar zee en ontmoet even later veel medetegenstanders.

'Er is ook gratis drank,' verontschuldigt economieman zich. Dat valt nog even vies tegen, want we moeten eerst de competitie in voor ze het biervat aanslaan. We nemen mineraalwater en kijken argwanend naar de concurrentie. Ach, nu we er eenmaal zijn... We kijken elkaar eens aan en knikken. We gaan hier winnen.

Hoewel. Misschien later. Het onderdeel 'zandkasteel bouwen' komt niet van de grond, maar blijft steken in een discussie tussen de koekenbakkers. De één wil het wapen van Amsterdam en de ander wil het schoolgebouw. Uiteindelijk storten we een zootje schelpen op een hoop en presenteren het als 'basisvorming'. Met de volleybalwedstrijd winnen we glansrijk. Maar dat komt doordat we onze decaan uitlenen aan tegenstanders met een speler te weinig. Decaan krijgt geen bal over het net en we bejubelen hem daarvoor zeer. Als hij tot slot zijn service verknalt, hebben we de buit binnen. Volgende onderwerp. Roeien. Ik sta mijn zwemvest nog vast te maken als de rest van mijn ploeg al in een opblaasboot duikt om een boei te ronden. Gelukkig heeft ook administratiemevrouw de boot gemist, zodat we samen tot onze nek in de branding getuige zijn van hun diskwalificatie.

'Waarom?' schreeuwt kookleraar woedend.

'Onvolledige bemanning!' brult de wedstrijdleiding.

Zuchtend werpen we ons op boomstammen en binnenbanden. Die knopen we tot een katapult. Al na het eerste schot is er weinig van over.

'Hij zag er al anders uit dan die andere bouwsels,' schudt ckv-juf verdrietig. De bal ploft vijf meter verderop in het zand en dat is bij lange na geen record. De gymleraar waagt zijn gebit door nogmaals de binnenband te spannen en de volleybal te lanceren. Door de treurige constructie vliegt de bal recht omhoog en landt vervolgens een halve meter achter hem.

'Als inspectrice dit zag, zou ze begrijpen waarom we geen algemene technieken geven,' snik ik tegen baas.

'Begrijpen? Ze zou het ons verbieden!' huilt baas terug.

We zetten in op het hoogtepunt: touwtrekken. Kijk, dan heb je met een school met consumptieve richtingen een voordeel. Wij bezitten ronde koks en vierkante koekenbakkers. Sommigen met een tatoeage. Anderen met een tepelpiercing. Daar worden die andere scholen helemaal stil van. Bovendien hitst de roostermaker de ploeg op met gemene dreigementen. Iedereen in het onderwijs weet dat je een roostermaker te vriend moet houden. We winnen.

Hebt u laatst zo'n zootje ongeregeld op het strand bezig gezien? Dat waren wij. Onderwijsgevenden. Opvoeders. Rolmodellen. En winnaars! Van een *Weekend*! Maar dat blad had ik een week ervoor al gelezen bij de kapper.

CORRECTIE

Ik zit aan tafel en kijk na. Ik zit al heel lang aan tafel en ik kijk al heel lang na. Ik hou niet van nakijken. Ik krijg er pijn van in m'n rug, ik drink er te veel koffie bij, ik krijg de neiging te gaan snoepen omdat ik mezelf zo zielig vind, ik wil eigenlijk naar buiten want het is op zo'n dag altijd mooi weer en ik kan buiten niet nakijken want dan waaien die papieren alle kanten op, en zo kan ik rustig nog uren doorgaan. Maar het moet. Examens Nederlands vragen veel nakijkwerk en een tweede corrector controleert bovendien of je dat goed hebt gedaan. Nu weet je maar nooit wie jouw tweede corrector is. Dat kan een heel strenge zijn. Eentje uit een dorp op een hei met allemaal lieve kindertjes met een veel hoger niveau dan mijn stadse wijsneuzen. Dus ik vink stipt elke misser af met mijn rode pen. Als ik alles af heb, stuur ik het op naar de grote onbekende. Terwijl ik het oordeel afwacht, krijg ik een envelop vol examenwerk van iemand anders. Daar mag ik de tweede correctie van doen. Dat lijkt een nuttig systeem, nietwaar? Zo bewaak je het niveau. Dat zou je denken. Niets is minder waar.

Vorig jaar ontving ik werk van een meneer die in mijn ogen minstens een halve fles jenever achter zijn kiezen had voordat hij aan de correctie was begonnen. Ik had er handenvol werk aan. Ik belde hem op en zei: 'U hebt zoveel fouten in het werk laten zitten, dat het voor mij bijna ondoenlijk is dat allemaal over de telefoon te behandelen!' Hij lachte. 'Ik doe dat al jaren,' bekende hij. 'Meestal hebben mensen geen tijd voor de tweede correctie en sturen ze het meteen terug. Met een beleefd briefje dat het in orde is. Jammer dat u wel nakijkt. Zet uw punten maar op het papier, dan middelen we de verschillen wel. Want ik ben het natuurlijk nergens met u over eens en dan mogen we middelen volgens de voorschriften. Dag mevrouw.'

Het kost me dagen om te bedaren na zo'n grap. Maar er komt een nieuw jaar, dus er komen nieuwe kansen. Bovendien krijg ik een serieuze corrector aan de telefoon die drie van mijn leerlingen een punt erbij geeft. Leuk! Daarna hebben we nog een heerlijk gesprek over hoe zwaar wij het hebben als leraren Nederlands in examentijd, dus we hangen beiden tevreden op.

Dit jaar krijg ik een man aan de telefoon die zegt: 'Ik heb een steekproef genomen en geen fouten gezien. Maar u bent wel heel erg streng. Ik heb zelf heel wat milder gecorrigeerd en mijn tweede corrector heeft daar geen aanmerkingen op gemaakt.'

'Het staat u volkomen vrij om mijn leerlingen naar uw maatstaven te beoordelen,' zeg ik formeel. En omdat ik bang ben dat ik niet duidelijk genoeg ben, voeg ik eraan toe: 'Geef ze er maar punten bij. Daar zult u mij niet over horen mopperen.' De man lacht even en zegt dan: 'Nee mevrouw, daar kan ik niet aan beginnen. Dat is veel te veel werk. Goed, ik doe de envelop vandaag nog op de bus en wens u nog een prettige avond.' Wel snotverdesnotver. Afschaffen die tweede correctie! Wat moeten we dan doen om het eindniveau te bewaken? Simpel. Examenwerk éérst door een leerkracht van een andere school laten nakijken en daarna pas door de eigen leerkracht. In dat geval doen beide correctoren hun best.

SPIEKEN

'Als je je opdracht hebt ingeleverd, ga je iets nuttigs doen,' zeg ik plichtmatig tegen mijn klas. IJdele hoop van de leerkracht. Roepers in de woestijn zijn we. En omdat ik zo langzamerhand wel weet dat kinderen gezellig met elkaar willen kletsen als ze hun werk hebben ingeleverd, voeg ik eraan toe: 'Of je gaat iets doen wat er tenminste nuttig uitziet.' Het oog wil ook wat. En je kunt vanaf de gang zo mijn lokaal in kijken. Zo langzamerhand weten ze wel wat ik daarmee bedoel. Tas op de grond, jas uit, boek en schrift op de bank. Maar eerst zijn ze heel hard bezig met de opdracht voor Nederlands. En ik kijk een beetje rond. Lekker rustig zo. Hoe lang nog? Tot de eerste klaar is. Dat is een sein voor de anderen. Sneller werken! Pietje is al klaar! We gaan kletsen! En dat gaat weer ten koste van de concentratie van Jantje, die nu eenmaal meer tijd nodig heeft.

Vandaag gaat het anders. Heel anders dan ik gewend ben. Als Riccardo als eerste zijn werk inlevert, vraagt hij: 'Mogen we ook aan ons Duits? We hebben straks een heel groot proefwerk.'

'Natuurlijk,' knik ik. 'Reuze nuttig.' Even later zit de hele klas met Duitse woordjes voor zich. Ze overhoren elkaar en zitten bloedig te pennen op grote vellen papier.

'Doe je dat om te oefenen?' vraag ik aan Riccardo, die met grote hanenpoten een A4'tje volkalkt. Hij schudt schuldig zijn hoofd.

'Dat is een spiekbriefje,' biecht hij.

'Jongen, dat is geen spiekbriefje! Dat is een spiekposter! Je moet een trappetje maken!' roep ik. Iedereen kijkt vol verwachting op. Dat is nog eens informatie waar een leerling iets aan heeft. Ik scheur ter illustratie een lange reep papier af en vouw een trappetje. Dan laat ik zien dat je dat briefje als een boekje om kunt slaan, zodat het heel klein blijft en makkelijk te verbergen.

'En je kunt het aan twee kanten gebruiken,' laat ik zien. Ze vinden het briljant. Absoluut een topper. De een na de ander slaat aan het vouwen.

'De grap is dat je moet proberen het zo klein mogelijk te maken. Alle woorden die je al weet, haal je eraf. Dan maak je telkens een nieuwe. Steeds kleiner,' vertel ik. Ze knikken. Van den Berg heeft helemaal gelijk. Nuttig lesje is dit.

'Uiteindelijk heb je zo vaak je trappetje overgeschreven en kleiner gemaakt, dat je het helemaal niet meer nodig hebt!' maak ik mijn verhaal af. Want dat is de grap van het maken van spiekbriefjes. Het is de ideale leermethode.

'Soms heb je nog twee of drie woorden die maar niet blijven hangen. Die schrijf je op een briefje en dat stop je in je zak. Als je die woorden op je proefwerk krijgt, doe je je ogen dicht en dan kun je in gedachten dat briefje lezen. Slim hè?'

'Nou, inderdaad,' mompelen ze goedkeurend. Iedereen is met z'n tong tussen z'n tanden aan het krabbelen op reepjes papier.

'Maar eigenlijk had je dit dus thuis moeten doen. Want dan had je het nu al helemaal in je kop zitten,' zeg ik nog maar even, om de les compleet te maken. Dan gaat de bel. Ze pakken hun tas in en vertrekken. Tevreden kijk ik ze na. Hier hebben ze echt iets van geleerd, nietwaar? Wat ze hebben geleerd, blijkt in de pauze. Ze komen enthousiast op me af gehuppeld en Riccardo vertelt: 'Dat was echt een supertip van u. Leraar Duits heeft niemand betrapt!'

LEKKER BAANTJE

'Jij hebt maar een lekker baantje met die lange vakanties. Dat zou ik ook wel willen,' grapt mijn buurman.

'Onze minister wil die vakanties juist korter maken,' waarschuw ik hem.

'Nou, dan krijgen ze er echt geen hond meer voor,' zegt buurman verbaasd. 'En er is al een lerarentekort!'

Ik bof inderdaad met die lange vakanties. Maar ik vraag me af hoe lang nog. Minister Plasterk meent namelijk dat de werkdruk in het onderwijs zou afnemen als we wat minder vakantieweken krijgen. Zijn ambtenarenapparaat is vast al driftig aan het rekenen. De meesten van ons willen hun vakantieweken niet kwijt. Voor veel onderwijsmensen zijn die vakanties ooit een van de redenen geweest om het onderwijs in te stappen. Neem nou economiemeester. Dit jaar deed-ie India en Nepal. Het jaar daarvoor crosste hij dwars door Zuid-Amerika. Zeven weken is de wereld van hem. De rest van het jaar reist hij in zijn dromen. En als hij de jackpot wint, komt hij vast nooit meer terug. Die heeft de werkdruk in de overige weken graag voor zijn vrijheid over.

Is die werkdruk dan zo groot? Ja. Op een vmbo kun je geen moment je aandacht laten verslappen. Je mag de werkdruk rustig vergelijken met die van een politieagent. Alleen mag die beroepsgroep eerder in de vut en krijgen ze onregelmatigheidstoeslag. Wij doen het dan maar met die vakanties. Want ik draai soms ook dagen die er niet om liegen. Om kwart over zeven de auto in, om acht uur op school, voorbereiden, snelle koffie, halfnegen de eerste klas ontvangen en zo door tot halfvier. Dan heb ik er acht lesuren op zitten en in de pauzes heb ik gesurveilleerd. Daarna ruim ik alles op. Vandaag hebben we een open avond/ouderavond/voorlichtingsavond/vul maar in. Dus we vullen een uurtje met een korte nuttige vergadering, krijgen een bord nasi/macaroni uit de keuken en beginnen aan ons avondprogramma. Als alles meezit zwaaien we om halftien de laatste ouders uit en storten even samen in met een wijntje/frisje. De auto in. Naar huis. En dan zijn er collega's die de volgende dag om halfnegen de stelling van Pythagoras moeten uitleggen aan vierentwintig kinderen van klas 3A. Ik vind één zo'n dag al een halve week vakantie waard!

Hoeveel dagen hebben we zo ongeveer? Dat verschilt per jaar door de vakantiespreiding, maar ga maar uit van zo'n 54 dagen zonder aftrek. En er gaan nogal wat dagen af. De laatste week van de zomervakantie gaat menigeen alvast voorbereiden. Je kunt dan op je gemak lesmateriaal kopiëren en je lokaal inrichten. Ooit schilderden mijn collega's en ik onze lokalen in die week. Een vriendin in het basisonderwijs hangt dan altijd de gordijnen weer op die ze zelf thuis heeft gewassen. Dat soort wonderlijke werkzaamheden vinden onderwijsmensen heel gewoon. De eerste week van de zomervakantie is de school ook gewoon open. Bazen en onderbazen werken dan nog heel wat administratie weg. Mijn collega-docenten en ik ontladen in die week de werkdruk. We liggen met een natte doek op ons voorhoofd in een donkere kamer of we zitten op de pot met buikloop. Maar dat ga ik mijn buurman allemaal niet aan zijn neus hangen, natuurlijk. Die zag alleen de lange vakanties. En niet het lekkere baantje.

ALARM

'Ik denk vwo. Misschien havo. En als-ie heel dom is, kan-ie altijd nog naar het vmbo,' zegt de jonge vader trots. Ik bewonder zijn spruit in de kinderwagen en kijk hem even bestraffend aan.

'O ja, sorry. Dat vind je vast geen leuk grapje,' zegt-ie. Inderdaad. Helemaal geen leuk grapje. Trouwens, het is niet eens een grapje. Hij meent het bloedserieus. En velen met hem. Op het vmbo zitten domme kinderen. Dat weet toch iedereen?

Voor me zit Remco. Hij buigt zich naar me toe en zegt: 'Kabinet-Cals. Van 14 april 1965 tot 22 november 1966, gevallen door de nacht van Schmelzer. Daarna kwam kabinet-Zijlstra, 22 november 1966 tot 5 april 1967, ontbinding Tweede Kamer en vervroegde verkiezingen.' Als ik Remco niet onderbreek, gaat hij rustig een tijdje door. Hij kan niet alleen alle kabinetten opdreunen. Hij weet ook alle steden waar ooit de Olympische Spelen zijn gehouden, met data erbij, en datzelfde trucje flikt hij met de Tour de France. Maar als ik hem vraag om ook de vragen van de laatste tekst van zijn opgave te beantwoorden, schudt hij zijn hoofd. Dat kan hij nu even niet. Hij gaat met zijn armen over elkaar zitten tot de bel gaat. Remco heeft een speciaal vakje in zijn hoofd voor alles wat hem interesseert. Wij hopen maar dat hij ook een beetje ruimte voor school wil vrijmaken.

Klas 3A zit druk te overleggen in een wonderlijk taaltje. 'Disjus Isjiisjam hisjeeft visjoor wsijiskisjundisje isjeen isjonvisjoldisjoendisje?' In een razend tempo voegen ze de isj-klank voor elke klinker. In datzelfde tempo decoderen ze wat de ander zegt. 'Tuurlijk kunnen we dat. Dat kan iedereen,' zegt Pearl verbaasd. Diezelfde schat kan geen drie dingen tegelijk onthouden en daarna opschrijven. Dan legt ze meteen haar pen neer. Veel te ingewikkeld. Maar die isj-taal? Die ratelt ze vloeiend! Als de bakkersklas naar de theorieles moet, zijn ze niet vooruit te branden. Stephan loopt zo langzaam de trap op naar Duits dat hij bijna zijn evenwicht verliest en Cathy verdwaalt in de gangen, totaal gedesoriënteerd en onkundig van de plek waar ze vandaag wiskundeles krijgt. 'Mijn rooster?' herhaalt ze stomverbaasd, als ik haar wijs dat de oplossing van het wiskunderaadsel in haar tas zit. Dan stelt ze me gerust. 'Ik zoek nog wel een halfuurtje. Ik vind het heus wel!' Diezelfde kinderen staan tegen kersttijd productie te maken voor alle scholen waar wij in breed verband bij horen. Ze werken van vroeg tot laat, dagen achtereen, aan kerstbrood, banketkransen en andere heerlijkheden. Ze hebben er geen recept bij nodig. De leerkracht kan gaan koffiedrinken. Ze bakken. Dat kunnen ze.

Allemaal vmbo-kinderen. Dom? Nee. Anders? Ja. Hoe anders, dat illustreerde ckv-juf laatst. Ze had een tweede klas meegenomen naar een tentoonstelling. Voor een duur object zat een glazen beveiliging. Als je daar je hand voorbij stak, ging het alarm af. De jongen die vooropliep, zette per ongeluk alle toeters en bellen in werking. Ckv-juf corrigeerde en de bewaker stelde het alarm opnieuw in. Klaar. De klas zette zich weer in beweging. Wat er toen gebeurde, is typisch vmbo. Ckv-juf: 'Daarna staken ze in ganzenpas een voor een hun hand voorbij het glas. Allemaal. Echt allemaal! Alle drieëntwintig. Onder oorverdovend gerinkel verlieten we de zaal.'

ORGANISATIE

'Nu we in de tweede schoolweek zitten, kan ik met mijn ervaring wel voorspellen wie er gaat slagen.' Mijn vierdeklassers kijken aan het eind van hun lesuur verwachtingsvol op. We kennen elkaar al langer. Ik ben dol op ze. Dat weten ze. En ze vinden mij ook wel prima. Eng soms. Onvoorspelbaar. Mal. Maar wel oké. Nu denken ze: wat zou ze nu weer hebben? Omdat ik ooit een handlezing heb gedaan, compleet verzonnen, maar zo nu en dan raker dan Char, zijn ze op alles voorbereid. Het wordt minder paranormaal deze keer. Ik wijs: 'Kijk, dit is typisch een bankje van iemand die zonder problemen straks een diploma ondertekent.' Andrea grijnst. Haar boek is gekaft. Er ligt een etui met pennen. Ze heeft een map. Met multoblaadjes. En daar zit zelfs een index in, zodat ze moeiteloos het juiste vak eruit vist. Ik wijs de volgende aan. En prijs iedereen die zijn zaakjes in orde heeft.

'Organisatie. Daar gaat het om,' zeg ik nog maar eens. Hier en daar zitten leerlingen wanhopig in hun tas te graven naar iets wat lijkt op een schrift. Die kunnen het vervolg van mijn speech al een beetje voorspellen. Je ziet ze denken: shit, Van den Berg is op dreef. Als ze nu maar niet deze kant op komt!

Met een paar stappen ben ik bij de bank van rommelkont Danny. Op zijn bankje ligt een onduidelijke stapel papier, die hij met twee armen aan het gezicht probeert te onttrekken. Hij verstijft als ik naast zijn bank sta en dramatisch fluister: 'Ik kan ook voorspellen wie er zakt...' Lesley giechelt nerveus. Ik reageer meteen: 'Heb jij wel een pen?' Ze houdt hem omhoog en zegt uitdagend: 'Ja, dûh!' En ik bitch: 'Neem die volgende keer zelf eens mee. Dan hoef je hem niet te lenen van Sabrina.' Ze trekt even minachtend met haar mond en ik doe maar net alsof ik dat niet zie.

'Als je denkt dat je kunt slagen terwijl je een heel jaar aantekeningen maakt op losse papiertjes...' Ik zie op Danny's bank zijn blaadjes liggen. Boven de krabbels voor Nederlands staan twee rijen Duitse woordjes. Het blaadje ernaast lijkt iets van wiskunde. Misschien economie. '...en als je niet eens in staat bent de vakken van elkaar te scheiden, maar de hele bende dwars door elkaar heen rommelt, dan geef ik je geen enkele kans op een diploma,' beëindig ik. Er klinkt instemmend gemompel. Dat zijn ze toch wel met me eens. De bel gaat.

'Vanmiddag wil ik alle spullen in orde zien,' wuif ik als afscheid. Danny verzamelt zijn hoopje en gaat zuchtend af.

Die middag verschijnt hij met zijn hele kluisinhoud: armen vol boeken, mappen, een stapel papier en een verwilderde blik in zijn ogen.

'Dit is een zootje,' meldt hij. 'Ik moet dit regelen. Ik heb niets in orde.'

'Dan doe je dat dit uur,' knik ik. Hij kijkt blij verrast op. Echt? Ja. Aan de slag. Ik werk met de rest van de groep en wijs Danny af en toe naar de kast. Pak maar plastic mapjes. Kijk daar eens. Er ligt nog een oude multomap. Daar liggen tabbladen. In de kartonnen doos op mijn bureau zit een schaar. Ja, plakband ook. En zelfs een zwarte viltstift. Hij ordent, kreunt, werkt en stapelt een uur lang. Dan is het klaar. De klas kijkt goedkeurend toe en hij grijnst me triomfantelijk toe.

Ik: 'Organisatie is alles, jongen.'

Danny: 'Ik ga helemaal slagen.'

Ik: 'Zeker weten.'

IK HOEF GEEN DIPLOMA TE HALEN, HOOR
JUF, U GEDRAAGT ZICH ALS 'N KIND!

HELM

Veiligheid is een dankbaar thema voor een projectweek. Waar wil je pubers voor waarschuwen? Loverboys, soa's, drugs, alcohol en tabak, opwarming van de aarde, er komt geen eind aan. Mijn mentorgroepje heeft al heel wat onderwerpen doorgewerkt en evenzoveel waarschuwingen diezelfde dag nog in de wind geslagen. Vanochtend komt er een gastspreker. Dat is prettig. Dan hoef je niks te doen. O toch? Aantekeningen maken voor het verslag? Sjonge.

'We hebben geen pen en geen papier,' zegt Daan. Hij werpt zich maar meteen in het koninklijk meervoud, in de hoop er zo collectief onderuit te komen. Maar ik heb pennen zat. En papier ook. Dus zitten ze klaar als de spreker binnenkomt, aarzelend, op krukken. Zijn begeleidster helpt hem plaats te nemen achter mijn bureau en introduceert hem. Hij was zestien toen hij een vreselijk brommerongeluk kreeg. Hij had geen helm op. Hij is voor de rest van zijn leven zwaar gehandicapt door hersenletsel. Hoe dat voelt, dat zal hij zelf vertellen.

'Ik was nog zo jong,' zegt hij aarzelend. Zijn stem klinkt vreemd, alsof hij niet helemaal in orde is. En dat is hij natuurlijk ook niet. Zijn spraak is zwaar aangetast, zijn klank is vervormd. Ik krijg een laagje zweet aan de binnenkant van mijn handen. Hoe zal mijn moeilijke groep daarop reageren? Waar ik bang voor ben, gebeurt. Thomas schiet in de lach. En hij zegt meteen: 'Sorry, maar het klinkt zo raar! Het spijt me echt. Ik wil u helemaal niet uitlachen. Echt niet!' Ik heradem. Wat goed van hem! De man glimlacht naar Thomas, zijn mond trekt scheef. Hij zegt: 'Weet je, toen ik zo oud was als jij, zou ik er ook om moeten lachen. Want ik weet hoe het klinkt. Ik lachte vroeger overal om. En ik wist zeker: zoiets zou mij niet overkomen. Nooit. Ik had een meisje. Ik zou mijn diploma halen. Ik was jong en populair...' Hij aarzelt even en je kunt een speld horen vallen. 'Toen klapte ik met mijn kop tegen die stoeprand. En toen was alles in die ene klap voorbij. Mijn leven was voorbij. Dat kun je rustig zeggen. Want of dit nou leven is?' Hij trekt een grimas en maakt een hulpeloos, ongecontroleerd gebaar. 'Daarom ga ik de scholen langs. Om jullie te waarschuwen. Wie heeft er hier een bromfiets?' Daan steekt zijn vinger op.

'Een scooter. Gisteren gekregen voor mijn verjaardag,' vertelt hij. De begeleidster gooit er wat getallen in. De meeste bromfietsongelukken gebeuren in de leeftijdscategorie van zestien en zeventien jaar. 'Logisch, toch?' vraagt ze nuchter. De leerlingen knikken. 'Meer jongens dan meisjes,' vervolgt ze. 'Gemiddeld in jullie leeftijd zo'n 25 doden en 700 gewonden per jaar. Onder die 700 zit heel wat hersenletsel. Omdat ze hun helm niet droegen. Van de bestuurders draagt 8 procent geen helm en van de passagiers maar liefst 26 procent. Meer dan één op de vier. Even achterop. Het is maar een klein eindje. Jullie weten hoe dat gaat.' Ze weten het allemaal. De man achter het bureau verheft zijn vreemde metalige stem: 'Alsof dat uitmaakt. Je hebt maar zo'n klein stukje stoeprand nodig.' Hij wijst het aan. Zijn witte slanke handen trillen. Rachella zit met haar handen voor haar mond, verstard door een mengeling van medelijden en afgrijzen. 'Wat erg,' mompelt ze.

Aan het eind van het uur klappen ze langdurig voor de spreker en de begeleidster. Daarna verlaten ze stilletjes het lokaal.

Aan het eind van de dag mogen alle meisjes even bij Daan achterop. De straat op en neer. Zonder helm.

KAPPER

Vorig jaar reikte ik een diploma uit aan een leerling van wie ik de moeder ook al in de klas had. Zelfs als ik deze regel optik, moet ik even slikken. Allemachtig. Ik ben oud. Stokoud. Nog een paar jaar en ik krijg kinderen in de klas van wie ik de opa's al lesgaf. Dat kan best, als ze een beetje doorwerken.

Mijn oud-leerlingenbestand neemt griezelige vormen aan. Soms zit ik op www.schoolbank.nl te neuzen naar oude bekenden en af en toe kom ik daar een paar regels tegen over mezelf. 'Bij Nederlands lekker vooraan zitten, Van den Berg bewonderen en natekenen', lees ik bij een oude oudgediende. Ach... Dat was ooit. Eens. Lang geleden. Ik was twintig toen ik voor het eerst probeerde aan het woord te komen met een krijtje in mijn hand. Het lukte maar matig. Wel kwamen alle vaders op ouderavond om dat juffie van de klassenfoto eens beter te bekijken en er zat dus een klein mannetje vooraan tekeningen te maken. Kom daar nu eens om! Vorige week kreeg ik wel enige aandacht voor mijn uiterlijk. Glenn stond achter mijn stoel, kriebelde met een wijsvinger op mijn hoofd en zei: 'U moet weer naar de kapper. U hebt uitgroei.' En voordat ik van die verpletterende boodschap was bekomen, voegde hij er troostend aan toe: 'Mijn oma wordt ook zo grijs.'

Sommige oud-leerlingen mailen me van tijd tot tijd. Anderen kom ik heel af en toe tegen. De meesten verdwenen. Dat zijn de vaag bekende gezichten die ik aankijk en waarvan ik me afvraag: 'Ken ik jou niet ergens van? Zat jij bij mij op school?' Maar die vraag kan ook wonderlijke misverstanden opleveren. Ooit stond ik met mijn dochters in de lift van een streekziekenhuis. Er stappen twee mannen in. Ik kijk. Ik denk: die ene ken ik. Die heeft vast ooit bij mij in de klas gezeten. En omdat ik het akelig vind dat zo'n kind dan teleurgesteld moet concluderen dat ik hem totaal ben vergeten, knik ik vriendelijk. Hij knikt terug. Afstandelijk. Dus ik informeer maar niet naar zijn naam en leg hem ook niet uit dat hij vast een heel lief kind was, omdat ik anders zijn naam wel had onthouden. We kijken allemaal neutraal voor ons, zoals mensen dat in liften nu eenmaal doen. Als we op de goede verdieping uitstappen, zeg ik: 'Die ene kende ik ergens van. Vast in de klas gehad.' Twee dochters klappen meteen dubbel van het lachen en de derde snikt: 'Nee mam. Dat was Ruud Gullit.'

Er is één oud-leerling die ik regelmatig zie. Die heeft een garage. Ik heb een auto. Goede combinatie. Soms heb ik oud-leerling Floor hard nodig. Neem nou afgelopen woensdag. Ik ga naar de kapper vanwege die uitgroei en als alles bijgeschilderd is, start mijn auto niet meer. Floor staat me geduldig te woord, zucht er diep en hartgrondig bij, maar omdat hij toch op pad moet, komt hij wel even naar me toe.

Tien minuten later parkeert hij achter me, stapt uit met een jerrycan benzine in zijn hand, vult woordloos mijn tank bij, negeert mijn bewering dat dat onmogelijk de oorzaak kan zijn, stapt in, draait de contactsleutel om en start de motor.

Ik kijk toe, mijn hand voor mijn mond. Dan maakt hij definitief een einde aan onze relatie leerling/leraar. Hij stapt uit, trekt zijn portemonnee, geeft me een briefje van vijftig euro en zegt: 'Hier. Ga maar terug naar die kapper en laat je haar blond verven.'

STAGIAIR

Ik heb een stagiair. Ze heet Martine. Ze piept.

'Op mijn vorige stageadres zeiden ze dat ik aan stemtraining moet doen,' fluistert ze.

'Gooi het er maar zo resoluut mogelijk uit. En blijf jezelf. Krijg er lol in. Dat is het allerbelangrijkst,' raad ik aan. Omdat ze creatief schrijven zelf heel leuk vindt en omdat de meeste klassen die opdrachten ook als een speciaal cadeautje ervaren, gaat ze daarmee aan de slag.

Dat lukt boven verwachting. De eerste les staat ze rechtop voor de klas en de derde klas toerisme voert in groepjes haar schrijfopdracht enthousiast uit. Natuurlijk draagt mijn introductie bij aan de rust: 'Ik zit achterin. Als ik op je schouder tik, ga je naar de hal. Ik volg met een boek. Dan kun je aan het werk. Niet erg leuk werk.' Het is vast niet pedagogisch verantwoord, maar het draagt erg bij aan Martines zelfvertrouwen en dat is heel wat waard. Ze gaat zich steeds zekerder voelen, huppelt door de klas, helpt, geeft raad en heeft er zichtbaar pret in. Dat werkt in op de sfeer in de klas; er verschijnen prachtige reclameteksten voor reizen naar verre landen. Alles in het door Martine uitgelegde lettergreeptellende vormpje gegoten.

'Telt het mee voor een cijfer?' vraagt Trischa opeens. Ze ziet onder haar handen iets moois ontstaan dat zeker bij kan dragen tot een leuk gemiddelde. Martine kijkt mij aan. Ik maak een onverschillig gebaar. Zo van: wie weet? Doe maar goed je best! Martine vertaalt het anders.

'Ja, het telt mee.' Ik zucht inwendig. Wat leren ze die kinderen in de opleiding? De vervolgvragen kan ik nu op mijn vingers afvinken. En ja hoor. Daar komen ze. Waar let u dan op? Toch niet op handschrift? Want ik kan niet echt mooi schrijven. Niemand in deze groep kan mooi schrijven. Mogen we het dan op de computer maken? Dan wordt het veel netter! Andy doet niks in ons groepje. Als we een goed cijfer halen, telt dat dan ook voor hem? Dat is helemaal niet eerlijk!

Ik grijp in. 'Juf Martine let op inzet. Is je inzet in orde en werk je goed, dan haal je een leuk cijfer. Dus doe maar goed je best.' De rust keert weer. Na afloop leg ik het uit. Kinderen willen graag een cijfer, maar als ze zeker weten dat het voor een cijfer is, worden ze er ook meteen onzeker door. 'Hou je op de vlakte en stel ze gerust. Daarmee voorkom je al die vragen. Want dan zit je ineens midden in een discussie waar je niet zo gauw uit komt.' Martine knikt. Ze zucht.

'Volgende week moet ik de hele les doen,' vertelt ze. Ze laat me een paar leuke opdrachten zien. Moet lukken, bedenk ik.

Een week later staat ze voor de klas. Ik zit achterin. Ze wacht. Noteert absenten. Keurig. De klas heeft er zin in. Dan zegt ze: 'Ik ga eerst jullie cijfers teruggeven. Andy heeft een 6. Trischa heeft een 7...' Ik kreun. De storm barst los. Waarom heb ik maar een 6? Ik zat bij Andy in de groep. Dus dan heb ik ook een 6? Dat is niet eerlijk! Ik zei toen al dat hij geen moer uitvoerde! Een 7? Waar hebt u dan op gelet? Mag ik dat nog herkansen? Ik had het helemaal niet af! Mag ik...

Martine piept wanhopig. Ik grijp niet in. Cijfers teruggeven aan het begin van de les! Wat leren ze die kinderen in hemelsnaam bij hun opleiding?

SUGABABES

Wij denken dat we heel wat begrijpen van computers, u en ik. Wij werken ermee, we googelen, boeken een reis, doen onze bankzaken, handelen op Marktplaats en sturen tante Mien een e-mailtje. We zijn reuze handig. We vinden nog wel dat die computer af en toe uit moet. Net als de televisie. Daar gaan we de eerste mistflarden al tegemoet. Die computer moet aan. Dag en nacht. Vraag maar aan een puber. 's Ochtends zoekt-ie even snel de schoolsite. Roosterwijziging? Kan-ie mooi nog een uurtje naar bed. En even checken wie er online is op msn. Hoewel, msn begint een beetje uit te raken. Dat moet voor veel ouders een verheugend bericht zijn. Juich niet te vroeg. Er zijn andere contactsites die meer mogelijkheden bieden en daardoor in populariteit toenemen. Pubers willen niet alleen berichtjes typen. Die willen foto's laten zien. Profielen invullen. Schuilnamen verzinnen. Prikkelen. Uitdagen. Meisjes kunnen uitstekend terecht op Sugababes. Zit uw dochter daar ook op? Hebt u dat weleens kritisch bekeken? Want misschien is zij wel dat AA-cupje in dat kleine pantervelletje dat zich presenteert onder de naam 'NaughtybyNature'. Ze is veertien jaar oud, gaat volgend jaar met haar vriendinnen op vakantie en waarschuwt alvast: 'Salou wordt hotter dan hot!' Of is 'Bootyshaker' uw oogappeltje? In dat roze nachtponnetje met haar vingertje tussen de zwoele rode lipjes? Allemachtig, die is dertien en heeft in de zeventig dagen dat ze online is al 28.213 bezoekers gehad. Dat levert haar heel wat kudos op. Kudos zijn stemmen die bezoekers je kunnen geven. Hoe meer kudos, des te hoger kom je in de top tien van populaire Sugababes, zoals 'Lovestoned' en 'Ontdekmemaar'. Misschien moet u toch eens kijken of die van u er ook bij staat? Want even verderop staat een meneer van 57 jaar die poseert met opgeheven middelvinger onder de naam 'Injepoeperd'. Ik verzin dat niet. Als ik dat zou verzinnen, zou ik het nooit op durven schrijven. Juist omdat ik niets verzin, vertel ik het u maar. Ik denk dat menig meneer met pedofiele neigingen zich zeer bevredigd ziet na een rondje Sugababes, al dan niet via hun webcam. En als-ie zin heeft om de kleine Lolita's in het echt te bekijken, kan-ie makkelijk op zoek; ze geven allemaal de regio op waar ze vandaan komen. Handig, toch? Ik stel me vreselijk aan, vinden mijn leerlingen. De meeste meiden staan op de site, lachen zich een kriek en fotograferen elkaar in hun nieuwste bikini. 'Zo lopen we toch ook op het strand?' merken ze op. Dat is zo. En toch is het anders. Want als daar een man langer dan een paar minuten met zijn tong uit zijn mond naar ze kijkt, zullen ze krijsen: 'Wat moet je? Heb ik wat van je aan of zo? Viezerik!' Viezerik is mijn keurige tekst. De meiden in mijn klas kunnen voor dat woord vast veel leuke varianten bedenken. 'Zat ik gisteravond te cammen met een vriendje, wilde-ie dat ik iets uittrok!' vertelt Cindy als ik zit te vissen naar hun internetgewoonten.

'Niet doen, hè! Ze nemen het op. Dan zie je dat filmpje terug op YouTube,' waarschuwt Kimberley. Vrij vertaald: wie spannende spelletjes speelt voor de computer, loopt het risico dat de hele wereld even later mee kan genieten. Wij snappen eigenlijk niks van computers. Voordat we volledig de mist in gaan, zullen we wat van onze kinderen moeten leren. Door regelmatig over hun schouder mee te kijken.

KINDERVRIJ

Zo. Dat was de koffie. Nu lekker een stapel brieven nakijken, want mijn derde klas is voor ckv naar het concertgebouw. Zo'n uurtje komt me prima uit. Hoef ik al dat papier niet mee naar huis te slepen. En m'n keel doet zeer. Die kan ook wel een uurtje rust gebruiken. Neuriënd passeer ik het digitale roosterbord. Hè? 2D: derde uur BRG. Ach, nee toch! Ik was net nog zo gelukkig! Nou ja, die pukkies zullen wel zwaar onder de indruk zijn van deze mevrouw uit de bovenbouw, dus ik zet ze snel aan het werk en corrigeer alsnog rustig de correspondentie van 4A.

2D staat al te wachten bij mijn deur. Ik kan ternauwernood het sleutelgat bereiken om de boel voor de wurmen te ontsluiten. Onder de indruk zijn ze niet. Ze zien me niet eens staan, stormen naar binnen en gaan op luide toon zitten ruziën. Ze lijken het maar in één ding eens: ze negeren mij. Alsof ze het afgesproken hebben.

Zal ik ingrijpen? Dat kost me m'n stem! Ik ga maar eens naar ze kijken. Wie weet valt dat op. Hoewel, de meeste kinderen zitten met hun rug naar me toe. En de leerlingen die wel in de gaten hebben dat ik naar ze kijk, lijken zich daar ernstig aan te storen. Ze gaan tenminste zo zitten dat ik hun ogen niet meer kan zien. Er zijn natuurlijk trucs om de aandacht te krijgen. Ik kan gaan staan, met m'n vinger omhoog. Dan wordt het uiteindelijk stil. Maar daar heb ik geen zin in. Totaal geen zin. Waarom houden ze niet gewoon hun mond? Zonder dat ik minutenlang zwijgend voor paal moet staan met m'n vinger in de lucht? Hallo, zij moeten een diploma halen! Ik niet. Ik heb er al een paar.

Opeens krijg ik zo'n hekel aan kinderen. Laatst las ik een artikel over de toenemende aversie tegen kroost. Mensen boeken bewust vakantiereizen naar plekken waar het verboden is voor kinderen. Er zijn al restaurants en hotels die adverteren met de aanlokkelijke kreet: 'Absoluut kindervrij'. Nu ik klas 2D observeer, kan ik me er ineens alles bij voorstellen.

Ik ben natuurlijk al zo'n mevrouw die scheurende schatjes met kleine boodschappenwagentjes meteen klemrijdt bij het schap met de augurken. Daarna sis ik vals: 'Niet hollen met dat karretje!' Dat kind gaat dan jankend naar zijn mama, maar dan loop ik allang bij de ontbijtkoek met mijn zonnebril op. Ik hoop dat de man die dat kinderkarretje heeft bedacht lang en eenzaam zit opgesloten. Dat lijkt me niet meer dan redelijk.

Kinderen in een restaurant zijn ook erg. En in een vliegtuig. En in de trein. O, vooral in de trein. Waar ze maar in je rug blijven rammen en geen moeder die er iets van zegt. Maar op school gaan ze wel. Daar vind ik ze meestal wel lollig. Tot vandaag.

'Je kunt vakantiereizen boeken waar kinderen verboden zijn,' fluister ik schor tegen het jongetje voor me, dat me de laatste lesminuten een paar keer vragend heeft aangekeken. Hij schiet in de lach en geeft de grap door aan de achterbuurman. Mijn opmerking gaat de klas door en belandt uiteindelijk bij een paar stevige krijsende meisjes, links achteraan bij het gangraam. Ze reageren uiterst verontwaardigd met veel tonggeklak en grote ogen. Als de bel gaat en ze mijn lokaal verlaten, zegt de grootste vol afschuw: 'Als u niet van kinderen houdt, wat doet u dan in het onderwijs?'

SPRINGEN

Invaljuf Engels heeft haar boeken ingeleverd. Haar ontslagbrief volgt. Oorzaak? Mijn mentorgroep. Grotendeels, althans. Dus ik mag met ze praten. Chelsea gaat er eens goed voor zitten en begint: 'Ja, maar het was ook zo'n enorme...' Ik breek in. 'Ho even! Als jullie vandaag met de hele klas besluiten om mij weg te pesten, dan lukt dat natuurlijk makkelijk.' O ja? Dat is een nieuw gezichtspunt! In een paar ogen zie ik een sprankje hoop flitsen. Dus ik zeg: 'Je kunt het ook gewoon aankondigen. Dan ga ik meteen wel. Want ik begin niet aan een wedstrijd van 24 tegen 1.' Hier en daar klinkt instemmend gemompel. Ik maak mijn preek af met: 'Je kunt ook besluiten om je schooltijd te gebruiken om zoveel mogelijk op te steken. Zelfs al is de juf een piep en de meester een jeweetwel. Dat is een kwestie van keuzes maken. Nietwaar?' Nu hebben ze een tijdje geen Engels. En die juf is nauwelijks aan het woord geweest. Als ze vakinhoudelijk niet had gedeugd, dan hadden ze van mij aan de bel mogen trekken. Bij de mentor, de leerlingenraad, directie, inspectie, maakt niet uit. Maar ik ga niet in discussie over het truttengehalte van collega's. Kom nou. Bij mij ligt dat ook nogal hoog.

Dan hoor ik dat er soms halve klassen uit het raam springen. En dat ze dat nog filmen ook! Ik zoek me suf op YouTube, maar vind uiteindelijk een doorklik in een discussieforum op onze *Margriet*-website. Kijken. Ademloos! Minstens vijftien leerlingen springen uit het raam, de rest van de klas kijkt gierend van de lach toe en juf schrijft het bord vol. Ze ziet niets. Ze hoort niets. Of ze doet alsof. Onverstoorbaar werkt ze haar programma af. Dit is tenslotte klas 3 van een gymnasium en ze is aangesteld om die kinderen Grieks te geven. Dat doet ze. Ze is niet aangesteld om op ze te passen. Dus doet ze dat niet. Ik weet nog steeds niet wie ik in het filmpje het opmerkelijkst vind: de zeker niet onverdienstelijke mobiele cameraman, de stoïcijnse juf of die pret spetterende kinderen.

De cameraman levert koelbloedig filmwerk, mooi afgerond, heel beeldend en voorzien van toepasselijke muziek. I want to break free! Super. Die had mij mogen filmen, die keer dat ik al mijn krijtjes in stukken brak, met grote letters 'BAH!' op het bord kalkte, mijn tas inpakte en klas 4C verbijsterd achterliet. Gewoon via de deur. Mijn lokaal ligt op de eerste verdieping. Maar toch... Het had zo op internet gekund. Zonder enig protest van mijn kant.

Heel apart is de gefilmde juf. Ik zie haar nauwelijks oogcontact maken. Volgens mij vindt ze die kinderen een beetje griezelig. Dat zijn ze natuurlijk ook. Kinderen zijn heel eng. Na elke vakantie heb ik pijn in mijn buik en pas als ik de eerste confrontatie ben aangegaan, zakt dat. Voor mij zijn al die schoolvakanties heel ongunstig. Juf wordt nu begeleid. Ik hoop dat ze na die begeleiding uitstraalt dat het toch maar een voorrecht is dat de klas weer een uur lang van haar onewomanshow mag genieten. Dan wordt het misschien nog wat.

Het leukst zijn die kinderen. En wat ben ik blij dat het mijn mentorkinderen niet zijn. Ik had mijn preek niet met droge ogen kunnen afronden. Maar misschien had hun schoolleiding ook wel respect voor deze stunt. Want uiteindelijk is een dagje schorsing wel een heel opmerkelijke straf voor kinderen die tijdens de les uit het raam springen.

BIJZONDER

Freek gaat zijn eigen gangetje. Hij heeft heel lang haar en draagt een spijkerbroek met het kruis ergens op zijn knieën. Die moet ik niet verwarren met de afzakbroeken die zijn klasgenoten dragen. Want die zijn in. Je onderbroek dient daar decimeters bovenuit te piepen. Niet alleen de elastieken rand met het correcte merk, neen, ook nog zoveel stof dat je je afvraagt hoe die broek blijft hangen. Dat blijft-ie dan ook niet altijd zonder hulp. Ik zag Giovanni in het handenarbeidlokaal met één hand een tafel boenen en met zijn andere hand zijn broek omhooghouden. Maar dat is mode. Freek heeft met een niettang allerlei lappen op zijn broek geniet en trekt zich niks aan van trends.

'Dus jij bent alto,' stel ik vast. Ik doe van tijd tot tijd vreselijk mijn best om stromingen te herkennen en te benoemen. Dat lukt maar matig. Freek stuitert bij deze conclusie. 'Ik pas niet in het hokje,' zegt hij bestraffend.

'Dat vind ik zeer in je te prijzen,' knik ik. Freek is leuk. Hij hoort niet bij een groepje en wil ook niet bij een groepje horen. Toch zitten er altijd kinderen bij hem. Bij Freek kun je zitten zonder dat hij je kritisch bekijkt of laat merken dat je niet bij hem hoort. Dat is bij veel groepjes wel anders.

Bij het groepje meiden in de kantine moet je neerbuigend doen tegen anderen. Ook tegen mij, als ik langskom met een prullenbak om de bende op te halen.

'Dat is niet van mij! Daar kom ik niet aan, hoor. Ik ben geen schoonmaker!' Ze blazen als katten in een kringetje rond een tafel vol lege blikjes, servetjes en boterhamzakjes. Ze deinzen achteruit en kijken mij vol walging aan. 'Zal ik het dan maar voor jullie opruimen? Dan kunnen jullie weer gezéllig zitten,' bied ik poeslief aan. Eén meisje met twee zwarte vlechtjes helpt me. Die zie ik later buiten lopen. Alleen. Uit de groep gegooid.

Bij sommige meidengroepen bepaalt je kleding je populariteit. 'Nee, wat die nu weer aanheeft!' De laatste trends komen voorbij en de hotste merken. Groepjes populaire jongens hebben veel ruimte nodig en maken brede gebaren. Daar horen stille jongetjes niet tussen. Als ze het al proberen, past hun stoel nooit helemaal in de kring. Ze schreeuwen tegen elkaar en letten op anderen. Groepjes ontstaan uit onzekerheid. Maar dat beseffen ze niet.

Kinderen als Freek hebben geen groepje nodig. Freek kan rustig alleen op zijn gitaar tokkelen of in een hoek van de kantine zitten lezen. Soms maakt-ie zijn huiswerk of hij zit te praten met een klasgenoot. Er zijn meer vreemde vogels tussen de mussen en de spreeuwen. Sommigen maken dikke zwarte randen om hun ogen en dragen alleen zwarte kleren. Gothic, misschien. Caitlinn ontkent dat. 'Het is mijn eigen stijl,' zegt ze. Knalrood geverfd haar, een oor vol ringetjes onder een hanenkam en een zwart-wit geblokte strakke broek met een lang geel vest erover, daarmee onderscheid je je van de rest. Ik heb een zwak voor kinderen die zo hun eigen weggetje gaan. Ze zijn niet altijd even makkelijk, soms niet zo toegankelijk, maar wel altijd bijzonder. Freek legt op een dag een gedichtje op mijn bureau. Het eindigt met: 'Dankzij u schrijf ik mijn eigen liedjes ondanks mijn dyslexie.' Hij wijst het gewraakte woord aan en vraagt: 'Heb ik dat nou goed geschreven?' Ik krijg die glimlach de hele dag niet meer van mijn gezicht.

OME KOOS

Ome Koos staat voor de klas. Hij is zeventig, kwieke baas, gezellig en slim. Vroeger had Koos een eigen installatiebedrijf. Dus geeft-ie nu wat praktijk, wat vaktheorie, een paar uurtjes maatschappijleer, een beetje wiskunde en natuurlijk Nederlands. De kinderen zijn dol op hem. De schoolleiding ook. Want Koos is goedkoop, heeft een natuurlijk overwicht en moppert nooit. Koos heeft al in de regionale krant gestaan, compleet met foto. Daar straalt hij, omringd door een aantal leerlingen met petjes op en hun vingers in een V-teken.

Naast het verschijnen van de vele ome Kozen is er een stroming in het onderwijs die vindt dat je onderbouwklassen zo weinig mogelijk van docent moet laten wisselen. Neem klas 1A. Hun mentor is bevoegd leraar geschiedenis en maatschappijleer. Maar op veel scholen geeft de mentor ook Engels, biologie, aardrijkskunde, wiskunde en Nederlands. Allemaal onbevoegd. Ik heb ooit iemand horen zeggen: 'Ach, als je maar twee bladzijden op de leerlingen voor blijft, dan lukt het wel.' En nee, dat was niet grappig bedoeld. Dat meende die meneer hartstikke serieus.

Ik vind ome Koos ook hartstikke lief. En ik snap dat ouders het een rustige gedachte vinden dat hun kindertjes worden opgevangen in een omgeving die nog een tijdje lijkt op die vertrouwde basisschool. Maar waarom willen ouders niet dat hun kinderen les krijgen van een bevoegde leerkracht? Waarom denkt iedereen dat het niet uitmaakt of een docent bevoegd is of niet? Daar begrijp ik niks van.

Mijn baas vond ooit een heuse afgestudeerde pedagoog bereid om een paar uur Nederlands te geven. Hij sprong een gat in de lucht en zuchtte verongelijkt toen ik zei: 'Maar die man heeft toch geen acte Nederlands?' 'Hij is pedagoog, Marjan,' sprak de baas bestraffend. Dat was-ie ook. Een goeie, waarschijnlijk. Maar bij de eerste de beste les zei de man tegen de klas: 'Pak die boek.' Waarna de baas moest toegeven dat Nederlands misschien niet des mans sterkste kant was.

Toch heerst in het vmbo de gedachte dat iedereen Nederlands kan geven. Iedereen spreekt het toch? En iedereen die een krant leest, kan maatschappijleer geven. En ga zo nog maar even door. Maar als ik op mijn school met horeca-afdeling opper dat ik volgend jaar wel koken wil geven, kijken de koks mij aan alsof ik een kakkerlak ben. Hoe haal ik het in mijn hoofd?! Nou, gewoon. Ik kook al jaren dagelijks, heb een heel gezin grootgekookt en nog nooit iemand voedselvergiftiging bezorgd. Als je Nederlands kunt geven omdat je het spreekt, kan ik toch wel koken geven omdat ik dagelijks kook? Maar als het op praktijklessen aankomt, denkt de gemiddelde vmbo-directie ineens heel anders over de invulling. Dan moet je op z'n minst afkomstig zijn uit de beroepsgroep.

Iedere keer als ik een ome Koos in het nieuws zie, word ik een beetje misselijk. Want als deze tendens doorzet, staan er over een aantal jaar nog maar weinig bevoegde vakleerkrachten voor de vmbo-klassen. Komend schooljaar al gaan tweehonderd pabostudenten als zijinstromer aan de slag in het voortgezet onderwijs. Ze worden zwaar gesubsidieerd door de minister en voorzien van een extraatje van 25.000 euro per student voor bijkomende kosten. Reuze handig. Ze zijn goedkoop, krijgen een rugzak vol centen mee en kunnen ingezet worden voor alle vakken. Behalve natuurlijk de praktijkvakken. Die geeft ome Koos.

HAAT

Ze zit als een standbeeld. Ik heb het eerst niet zo in de gaten. Druk met noteren van absenten, bladeren in het boek, even kort aanstippen waar we de vorige les mee bezig waren. Weet je nog? O ja. Uitleg. Dit is nieuw. Is dit nuttig? Nou, reuze! Want voor tekstbegrip moet je het verschil tussen oorzaak en gevolg snappen. Bovendien, wat is je leven waard als je dat niet inziet? Nee, zeg nou zelf! Dus met frisse moed aan de slag en ja, ik ren rond voor acute bijstand, want ik bespaar me graag een abonnement op de sportschool. Ze grinniken, gaan aan het werk, plegen hier en daar wat licht verzet, krijgen een veeg over hun hoofd of een mondelinge aansporing en dan klinkt er alleen nog ijverig gemurmel.

Ze zit alleen. Het bankje naast haar is leeg. Haar boek ligt open. Haar schrift ligt klaar. Ze heeft haar pen in haar hand. Maar ze beweegt niet.

'Mevrouw Van den Berg?' Mitch zwaait. 'Ik kom,' beloof ik. Ik trek een sprintje. Beland overdreven hijgend naast zijn tafel, kijk naar het lastige stukje, knik, leg uit. 'O, dus...?' 'Juist!' Mitch kan doorwerken. De volgende vinger gaat omhoog en aan de raamkant nog drie. Het staat ook raar beschreven in het boek. Dit wordt vierentwintig keer rennen of in één keer klassikaal.

'Jongens, even centraal. Want halverwege komen jullie die paragraaf tegen over...' Ik wijs in mijn boek. Ze kijken en knikken. Ja, daar zaten ze allemaal een beetje klem. Ik kalk een paar voorbeelden op het bord. Leg op een andere manier uit wat er staat. 'Dus je moet...' 'Juist!' Ze kunnen door. Het is vaak veel makkelijker dan ze denken. Vaak hebben ze maar een klein zetje nodig. Dat ben ik. Ik ben het zetje. Heerlijk. Zeker als het lukt.

Ze heeft bewogen. Alleen haar hoofd. Ze kijkt naar beneden. Nee, niet naar haar boek. Ze staart maar wat. Ik durf haar niet aan te spreken. Laat haar maar even, denk ik. Hier zit een hoopje verdriet. En misschien zakt het wel. Ze wil vast niet dat iemand het merkt.

'En als je opdracht 28 af hebt?' vraagt Mitch ijverig.

'Dan kijk ik het voor je na. Kom maar naar mijn bureau. Als het nagekeken is, krijg je de volgende opdracht.' Ik corrigeer, wijs op fouten, overleg met leerlingen wat beter had gekund. Zie je? Kijk, in die regel staat... Probeer vraag 7 nog een keertje. Goed zo! En dan: 'Jongens, nog een paar minuten. Dan gaat de bel. Jawel, de tijd vliegt als je het naar je zin hebt! Heb je al een kruisje in mijn agenda, dan heb je geen huiswerk. Anders moet je het de volgende keer laten zien. Oké. Opruimen!' De klas staat te trappelen. Het is pauze. Hoera. Eindelijk vrij.

Zij beweegt nog steeds niet. Dan, eindelijk, vouwt ze bedachtzaam haar boek en haar schrift dicht. Ze stopt ze in haar tas. De bel gaat. Ze staat als laatste op en gooit haar tas om haar schouder.

'Jessica?'

Ze gaat meteen weer zitten.

'Jessica?'

Dan kijkt ze me aan en zegt: 'Ik haat mijn vader. Ik haat mijn moeder. Ik haat mijn stiefmoeder. Ik haat ze allemaal.'

Ik zeg: 'Zal ik voor jou ook een broodje halen? Ja? En koffie? Ik ben zo terug.'

VLIEGTUIG

Het is onverdraaglijk heet. Waarom is er altijd een hittegolf na de vakantie? De dichtgetrokken luxaflex weert de brandende zon uit mijn lokaal, maar houdt ook het beetje frisse lucht tegen dat door de ramen kan komen. Nou ja, ramen. Zeg maar kiertjes. In mijn lokaal kunnen twee ramen op de tuimelstand en dan heb je het wel gehad met de ventilatie. Mijn deur staat open en ook dat levert geen frisse tochtstroom op. We zitten gevangen in een benauwd lokaal en mijn shirt vertoont genante vochtplekken. Een prettige bijkomstigheid is wel dat de klassen erg mak zijn bij deze temperatuur. Klas 4B werkt zich landerig door mijn minicursus samenvatten. Hier blijft niets van hangen. Dat weet ik nu al. Alles speelt zich af in een vertraagd tempo. Het is zo warm. Zelfs het vliegtuig dat langs de rij bij het raam zweeft, maakt een slome landing naast mijn bureau. Hè? Vliegtuig?

'Van wie is dat vliegtuig?' vraag ik verbaasd. Iedereen kijkt op. Verrek! Een vliegtuig! Ik bekijk het van alle kanten. 'Niet slecht. Mooi afgewerkt. Goeie vouwen. De maker heeft goed opgelet, op de kleuterschool. Alleen die vouwseltjes aan de achterkant snap ik niet. Waar zijn die voor?'

'Om hem te vertragen,' zegt Mitch. En meteen haastig: 'Dat denk ik tenminste. Ik bedoel, stel dat ik een vliegtuig zou vouwen, dan zou ik aan de achterkant iets omhoogvouwen, zodat-ie mooi langzaam glijdt. Ach, ik zeg maar iets. Ik weet natuurlijk ook niet precies wat er door het hoofd van deze vouwer is gegaan!'

'Je kunt trouwens ook de punt wat anders vouwen. Hebt u papier? Dan doe ik het voor. Dan maakt-ie een bocht. Dit is een aardig vliegtuig, daar niet van. Maar ik zou het heel anders doen,' merkt Niels op.

'O ja? Dat wil ik dan weleens zien,' knik ik. Ik loop naar de kast, waar een doos briefpapier ligt uit de periode dat onze school nog niet gefuseerd was. Ik heb een voorraadje aangelegd. Mooi stevig papier is het. En ik hoef er niet zuinig mee te zijn. Ik geef Niels een blaadje. Mitch meldt: 'Ik kan ook een helikopter.' Ik: 'Ook!?' Hij grijnst. Krijgt een blaadje. Scheurt en vouwt. De een na de ander vraagt: 'Mag ik ook?' 'We houden een wedstrijd,' beslis ik. Ik pak een krijtje, teken drie vakken op het bord en zeg, terwijl ik schrijf: 'Drie categorieën. Wie het langst in de lucht blijft, wie de mooiste bocht maakt en wie het origineelste ontwerp heeft.' De hele klas is meteen wakker. Ze vouwen, lachen, kibbelen, vragen om paperclips (ja, die heb ik), elastiekjes (nee, die heb ik niet), lijm (mag niet, wordt zo'n bende en het is te warm om alle banken weer schoon te maken aan het eind van de dag) en een schaar (ook verboden, ik heb er maar twee, dus dat wordt knokken; iedereen moet vouwen en scheuren). Het wordt een dolle boel. We zijn helemaal vergeten hoe warm het is en ook welke tekst we moesten samenvatten. Bij de categorie 'mooie bocht' mag je op je bank gaan staan en de langste vlucht meten we door te tellen. Mitch' helikopter krijgt de originaliteitsprijs: tijdelijke roem en een klap op zijn schouder. De overige prijzen doen daar zeker niet voor onder.

'Leuke les,' groet Mitch als de bel gaat.

'De rest van het jaar wil ik geen vliegtuig meer zien,' waarschuw ik.

'Nee, tuurlijk niet,' knikt hij braaf.

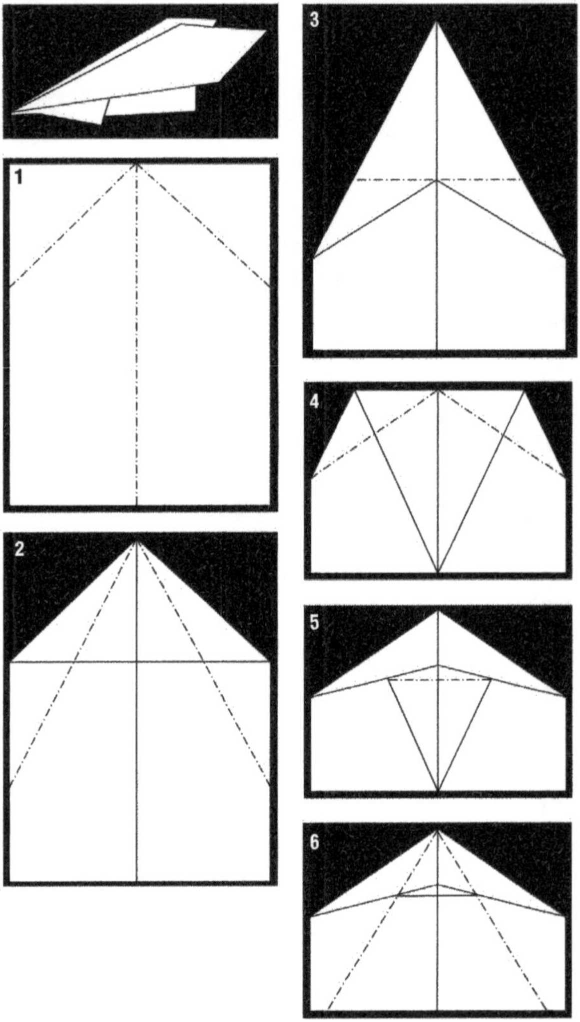

1. Begin met een A4-papiertje, vouw dat dicht en weer open. Vouw nu de hoeken naar het midden.
2. Vouw langs de zwarte stippellijn.
3. Vouw nog een keer langs de stippellijn.
4. Vouw de twee hoekjes om.
5. Vouw de punt weer terug.
6. Vouw het vliegtuigje dicht door het midden en vouw de vleugels over de stippellijnen

JANKEN

De laatste dag van de themaweek maken de leerlingen een werkstuk.

'Dus dan zitten ze allemaal gewoon in een lokaal en dan zitten ze te werken?' vraag ik voor de zekerheid. De baas zucht. Hij kent mijn aversie tegen projecten en hij wordt er erg moe van.

'Ja, dat klopt,' knikt hij. Hij kijkt verbaasd op als ik oprecht zeg: 'Dat is mooi.' Die vrijdag ga ik vroeg aan de slag. Ik zet met grote letters op het middenbord wat we gaan doen, aan welke eisen het werkstuk moet voldoen en hoe ik het ga beoordelen. Er komt een cijfer voor inzet en netheid, een cijfer voor de inhoud en een cijfer voor opbouw en spelling. Op het rechterbord zet ik het programma dat ze deze week hebben gevolgd en dat iedereen allang weer is vergeten. Op het linkerbord zet ik aanwijzingen, zoals: 'Alle zinnen beginnen met een hoofdletter en eindigen met een punt. Verdeel je werkstuk in hoofdstukken. Zoek de indeling van een werkstuk op in je boek, pagina 182. Vermeld mij in je dankwoord voor deze nuttige tips!'

Ik zet alle bankjes in groepen. In het midden van het lokaal leg ik papier neer. Met lijntjes en gekleurd. Een bak pennen. Dozen kleurtjes die ik zelf heb gekocht. Potloden, gummen, niettangen en scharen. Er is een puntenslijper en een paar viltstiften. En een hele boodschappenkrat vol oude *Margrieten* om plaatjes uit te knippen.

Mijn mentorklas is meteen enthousiast en gaat aan de slag. Ik loop rond. De radio staat aan. Mijn baas komt even binnen. Hij knikt goedkeurend. Die Van den Berg is een zeikerd met themaweken, maar als het op de afwerking aankomt, ziet het er fantastisch uit. Collega's komen mijn bord overschrijven en kijken boetvaardig als ik triomfantelijk zeg: 'Ja, het komt aan op de voorbereiding, nietwaar?' Meester Duits wil een doos kleurtjes lenen. 'Nee, sorry,' zeg ik. 'Die zijn van mij.' Mijn klas vindt dat fantastisch. Het zijn onze kleurtjes en wij maken de mooiste verslagen van de hele school. Meester economie komt ook zeuren. En die staat eigenlijk altijd zelf wel voor iedereen klaar. Nou vooruit. Ik geef hem een doos mee met de melding: 'Denk erom dat je je kop houdt tegen Duits. En voor je verjaardag zelf kleurtjes vragen.' Hij gaat blij af en we kijken hem vertederd na.

Ik zit helemaal in mijn knollentuin. De meeste kinderen doen verschrikkelijk hun best. Met het puntje van hun tong tussen hun tanden werken ze zo netjes mogelijk en om de haverklap moet ik komen. 'Kijk eens! Vindt u het zo goed? Mooi hè?' Dit is het gevoel van *De gelukkige klas* van Theo Thijssen. Tijdens de actie Nederland Leest 2007 gaven de bibliotheken het boekje gratis weg, ik herlas en genoot. Meester Staal geeft haarfijn aan waar het in een klas op aankomt en waarom we nooit aan het nieuwe leren moeten beginnen.

Om twee uur gaat de bel. Trrrrinnng... trrrrrinnnng... trrrrrinnnnng...

'Brandalarm!' weet Leonardo meteen. Ogen glimmen! Ramen dicht. Tassen laten staan. Klassenlijst mee. Rustig langs de trap naar buiten. Verzamelen op het grasveldje naast school. Vernikkelen van de kou. Wachten op toestemming van de bedrijfshulpverleners. Uur later weer naar binnen. Langs het elektronische bord. Daarop staat: 'Na brandalarm mogen de leerlingen naar huis!'

Mijn gelukkige klas is vertrokken voordat de boodschap tot me is doorgedrongen. In mijn eentje ruim ik mijn lokaal op en verzamel halve werkstukken. Ik kan wel janken.

HAIRY BALLS I

Klas 3A werkt. Op drie jongens na. Die zitten te klieren. Omdat ze niemand storen, laat ik ze lekker hun gang gaan. Ze komen mijn lokaal niet uit voor het af is en dit is het laatste lesuur. Jammer voor ze. Ik besteed die extra tijd wel aan nakijkwerk.

Drie minuten voor de bel gaat, meld ik: 'Wie zijn werk af heeft, laat het zien en levert het in. Als de bel gaat, mag je meteen weg. Wie zijn werk nog niet af heeft, werkt gewoon rustig door.'

Het trio klapt het werkboek dicht, trekt een jas aan en loopt naar voren om de boel in te leveren. Ik bekijk ieders werkboek, teken af in mijn agenda en zeg: 'Mooi! Fijne vakantie alvast!' Tot het trio ongemerkt het werkboek op de stapel wil dumpen.

'Jammer. Maak het nog maar even rustig af,' zeg ik vriendelijk. Mopperend slenteren ze terug, in zo'n slingerend stoer loopje. Ze mompelen woorden die ik niet wil horen. Maar ze gaan aan de slag.

Als de eerste zijn boek laat zien, kijk ik het voor hem na. Hij gaat tegenover me zitten en wordt menselijk. Waarom doe je dan niks, zo'n heel uur? Nou ja, dat was ook stom, maar hij is gaar, zo vlak voor de kerstvakantie. Ach ja, dat snap ik.

De tweede breekt dwars door het gesprek heen, smijt zijn werkboek voor me neer en zegt: 'Af. Ik ga.'

Ik slinger het met dezelfde vaart retour en zeg: 'Mis. Je wacht netjes op je beurt.' En ik zet mijn gesprek voort met nummer één. Twee knalt los, schreeuwt, roept en fokt zichzelf enorm op. Zo erg, dat nummer één hem op conversatieniveau toevoegt: 'Jongen, doe eens relaxed, man.' Nummer drie kijkt toe. Die heeft zijn werk ook af en wacht. Nummer twee doet twee stappen naar voren en krijst ergens boven mijn hoofd: 'You! Fuck you! You can suck my hairy...'

'Zo onverstandig,' schudt nummer één vermoeid. Maar dan is nummer twee al achteruitgedanst en heeft het lokaal verlaten. De deur knalt dicht en trilt nog wat na in de sponningen.

'Wat zei hij nou?' vraag ik, een beetje in de war van die onverwachte tekst. Nummer één schudt zijn hoofd. Nummer drie heeft zijn hand voor zijn mond.

'Zei hij: you can suck my hairy dick?' vraag ik, stomverbaasd, omdat het kwartje van die zonderlinge mededeling is gevallen.

'Nee, nee,' schudt nummer één. 'Hij zei: hairy balls.' Hij kijkt me verontschuldigend aan. Ik ben even stil. Dan zeg ik: 'O bah.' En even later weer: 'O bah.' Nummer drie snikt inmiddels vrijwel geluidloos van het lachen. Mijn slotconclusie luidt: 'Wat een rare jongen.' Dat ingetogen commentaar is ook nummer één te erg. Hij schudt van het lachen. Ik kijk nog even hun werk na, wuif ze na, schrijf het hele voorval op een blaadje, pak mijn tas in en vertrek naar de kamer van de baas om het briefje op zijn bureau te droppen. Tot mijn verbazing word ik meteen uitgenodigd binnen te komen, want daar zit nummer twee te klagen dat ik hem na heb laten blijven zonder goede reden en vervolgens met zijn werk heb gesmeten. Pardon?

Ik zeg: 'Hier is mijn verslag van het voorval. Ik wil daar verder op dit tijdstip niet over praten. Ik wil me nu verontschuldigen, want het is al laat. Ik moet echt rennen. Goeiedag.'

In de file op weg naar huis kook ik na. Morgen een kerstboom kopen. Kijken of dat helpt.

HAIRY BALLS II

In mijn kerstvakantie droom ik. Geen leuke dromen, nee. Dat ene joch staat weer voor me. Met witte klodders spuug rond zijn mond schreeuwt hij: 'Fuck you! Suck my hairy balls!' En na mijn vakantie blijkt dat er geen sanctie is voor zo'n optreden. Hij staat gewoon weer voor mijn deur bij de eerstvolgende les.

'Jou hoef ik niet,' deel ik hem achteloos mee. Hij gaat mompelend af. Naar de baas. Die vraagt me in de pauze: 'Ga je nog met hem praten?'

'Daar heb ik nog helemaal geen zin in,' zeg ik onwillig. Ik zie de baas denken. Heb ik dat weer. Al zoveel te stellen met directie, inspectie, leerlingen, en nu dit weer. Wat een overspannen reactie op zo'n kinderachtig incidentje. Het is een kind. Ieder kind zegt wel eens wat. Zo erg is het toch niet? Hij zegt: 'Ik hoor het wel.' Ik knik. En ik doe niks. In de krant lees ik een interview met een directeur van een praktijkschool. 'Als je hier werkt, moet je ertegen kunnen dat je een paar keer per dag kutwijf of klootzak wordt genoemd,' vertelt hij. Daar solliciteer ik dus maar niet. Ik zit nog steeds met die harige ballen in mijn maag.

'Mag-ie d'r nou nooit meer in?' vraagt Ashley nieuwsgierig. Heel klas 3A luistert mee. Ik zeg: 'Jongens, ik ben er nog steeds van onder de indruk. Wat-ie zei, dat was zó raar.' Ze knikken. Hier en daar fluistert iemand de zondige zinnetjes nog maar eens door. 'Wat zei u ook alweer?' vraagt Ashley aan mij en de twee ooggetuigen. 'Wat een rare jongen! Dat zei ze!' roept nummer drie. Klas 3A geniet. 'U hebt altijd van die rare opmerkingen. Als u boos bent, dan zegt u snotverdikkie!' grijnst Ashley. 'Of potverdrie,' weet een ander. 'Potverpielepapjes,' snikt een fan. Ik knik. 'Daar passen die hairy balls niet echt tussen, hè?' vraag ik. Ze zijn het roerend met me eens en we gaan over tot de orde van de dag. Een dag later krijg ik een mentor op mijn dak. Waarom krijgt dat joch geen Nederlands? Ik vertel. Hij luistert. Begint te koken en belt naar de ouders van het joch. Die koken mee en kondigen een ophokgebod aan. De zondaar zit vast. Maar hij komt nog steeds de les niet in.

Tot hij aan de deur van mijn lokaal staat in de pauze. Zwijgend. Zijn hoofd naar beneden. Ik laat hem lijden en zeg niks. Eindelijk heeft hij al zijn moed verzameld, hij klimt over de drempel en zegt met een laatste krachtsinspanning: 'Het spijt me zo. Wat ik tegen u zei. Dat kan echt niet. Ik schaam me echt. En ik hoop dat ik weer in de les mag. Alstublieft.' Hij staart nederig naar zijn enorme voeten en ik smelt. Ach gut. Dat schaap.

'Ik vind het erg dapper dat je naar me toe bent gekomen. Je bent inderdaad ver buiten je boekje gegaan. Maar ik vergeef je.' Ik geef hem een hand. Als hij wegloopt, zie ik een nauwelijks bedwongen huppeltje in zijn lange benen. En terwijl ik hem nakijk, bedenk ik dat ik er nu aan gewend ben om van tijd tot tijd zo'n tekst naar mijn hoofd te krijgen. Mijn acceptatiegrens is een stukje opgeschoven, terwijl ik dat eigenlijk helemaal niet wilde. Hoe snel zou ik wennen aan dagelijks verbaal geweld? Of griezeliger nog: hoe snel moet ik daaraan wennen?

LEERMOMENTJE

Administratiemevrouw en ik zitten voorin. Kookleraar houdt achterin de boel in de gaten. Serveerleraar heeft een discussie met chauffeur. Moeten we nu linksaf of rechtsaf? Vier dagen werkweek. Waar begin ik aan.

'Er zit kauwgum op m'n broek! En ook op de stoel!' krijst Chelsea. Inderdaad. Witte kauwgum. Ik haat kauwgum. Ik mag de buscorveedienst begeleiden in het wegkrabben van de plakkaten. Die haten het daarna ook. En dat mogen ze even vertellen, voor in de bus, aan al hun schoolgenoten. May: 'Het is heel vies. En je krijgt het er niet af. Dat moeten jullie nooit meer doen.' De rest van de werkweek is er een kauwgumverbod.

Bij de excursie naar het fruitbedrijf zie ik Alwin en Caitlinn kauwen. Ik hou zwijgend mijn hand onder hun mond. Ze spugen hun brok kauwgum in mijn hand. Daar sta ik dan. Het is vers, warm en kleverig. Pas aan het eind van de rondleiding kom ik een prullenbak tegen.

'Is het nog ver naar de survival?' vraagt Danny. We rijden van Vlaanderen naar Wallonië. Zijn buurman Richard werpt een blik naar buiten, wijst op de elektriciteitsdraden aan de palen langs de weg en zegt droog: 'We zijn er zo. Hier hangen de touwen al.'

In de bus ontstaat een discussie. Bestaat God nu wel of niet? Tess zegt: 'Ik geloof niet meer. Hij zou je helpen? Nou, ik heb wel tien miljoen keer gebeden.' Er klinkt woede en verdriet in haar stem. King heeft wel een oplossing. 'Ik heb thuis een boek over hoe God je kan helpen. Ik ben bij bladzijde 10.' Hij zal het voor Tess meenemen. Als hij het uit heeft.

We eten boven op de citadel. Maar de bus stopt onderaan, bij een pad. 'Ik mag met de bus niet naar boven,' vertelt de chauffeur. We wachten tot de laatste leerling uit zicht is, stappen in de bus en rijden via de andere kant omhoog. 'Beetje extra beweging kan geen kwaad,' vindt serveerleraar. 'Dan slapen ze vannacht goed.'

Mo eet een bekertje vol zout en peper. Geintje. Weddenschap. Ik neem hem apart. Hij mag zelf zijn schoolgenoten uitleggen waarom ze hem niet meer moeten uitdagen. 'Ik ben een clown. Ik trap overal in. Dus doe het niet meer, alsjeblieft!' smeekt hij. Hij voegt eraan toe: 'Anders moet ik straks naar huis. En dat willen jullie toch niet?' Hij kijkt angstig. Maar het lukt. Ze schudden hun hoofd. Nee. Dát willen ze niet. Hij gaat opgelucht zitten. Kookleraar zegt tegen me: 'Ik moet bijna huilen. Wat heb je dat gevoelig opgelost.'

Het is halfvijf in de ochtend. Ik heb nog geen oog dichtgedaan. Vooral naast ons is het bal. Administratiemevrouw en ik liggen te schudden in onze smalle jeugdherbergbedjes. Ik besluit een leermomentje in te lassen. Ik trek kleren, jas en schoenen aan, ga de gang op en zeg: 'Wie ik nu nog hoor, gaat met mij op ochtendwandeling!' Ik denk: dan is het meteen stil en kan ik tenminste nog twee uur pitten. Overal gaan deuren open. Blije gezichten kijken me aan. Stemmen roepen: 'Leuk! Wacht even! Ik ga ook mee!' Totaal verpletterd loop ik even later met zo'n twintig kinderen door de buitenwijken van Leuven. Administratiemevrouw ligt heerlijk te knorren als ik terugkeer. Als ik uit de douche kom, wordt ze pas wakker. 'Leermomentje?' grijnst ze.

Op de terugweg leent kookleraar mijn rode lippenstift. Iedereen die in slaap valt, krijgt een rood neusje. En een uitgebreide fotoreportage. Vier dagen werkweek. Wanneer mag ik weer?

OPHOKPLICHT

'Wij gaan staken, hè?' zegt Pascal voor de zekerheid nog maar even tegen de adjunct. De eerste stakingsdag heeft hij ook al gemist. Er was nog wel wat gemurmel in de gang. Ik hoorde een vierdeklas leerling-bakker nog even informeren bij meesterbakker. Maar die hield zijn buik vast van het lachen. 'Wij hebben wel wat anders te doen, jongen,' bulderde hij uitgelaten. 'Wij hebben geen tijd om te staken!' De deegroller kwam er niet eens aan te pas. Iedere leerling op mijn kleine schooltje zat tijdens de staking gewoon in de les.

Maar wat hebben ze een hoop gemist! De eieren vlogen door de stad, ruiten gingen aan diggelen en als je heel vaak je middelvinger opstak, kreeg je aandacht van een cameraman. Op het Museumplein trof je de topattractie. Daar kon je het effect voelen van een waterkanon. En je kon uittesten of je harder kon rennen dan een agent in opleiding. Ik zat naar het nieuws te kijken en besefte dat dit alleen voor volwassenen afschuwelijk is om tussen te lopen. De meesten van mijn leerlingen zaten kwijlend voor de televisie. Zij zagen een verbeterde versie van de Efteling of van Sixflags. Daar moet je bij zijn. Kicken!

Dus als je een tweede keer de uitnodiging krijgt om te rellen, dan ben je wel een enorme sukkel als je je die kans laat ontgaan. Maar op een klein schooltje kent iedereen je. Op een klein schooltje ontstaat een eigen cultuur. Een cultuur van: wij doen niet mee aan die onzin. Wij moeten broden bakken. Wij serveren tweemaal in de week diner en elke dag lunch. Dat kunnen we niet zomaar afgelasten. Als je de enige bent die wil staken, heb je kans dat adjunct dat helemaal verkeerd opvat. Dat-ie denkt dat je spijbelt! En wat daar de sanctie op is, dat weet je maar al te goed. Even informeren is wel zo handig, denkt Pascal.

Adjunct is al breed. Maar voor dit antwoord maakt hij zich nog een paar centimeter breder. Hij informeert nonchalant: 'Staken? Waar gaan wij voor staken?' Oei! Daar had Pascal niet op gerekend. Shit. Wat was het ook alweer? O, nee hè. Daar gaan we. 'Nou, gewoon, staken,' probeert-ie nog. De adjunct schudt zijn hoofd, zwelt nog wat verder op en fluistert onheilspellend: 'Als de sodemieter naar je les, jongen.' Onderwijl neemt hij zich voor die Pascal vandaag ernstig in de gaten te houden. En jawel. Om elf uur is Pascal verdwenen. Een telefoontje naar zijn moeder doet wonderen. Om twaalf uur is Pascal alweer terug op school.

Bewust stakende leerlingen gingen de straat op tegen de 1040 uur. De ophokplicht. Het is een onzinnige regeling, net als zoveel regelingen die ontstaan achter ambtelijke bureautjes. Elke keer weer krijgt het onderwijs te maken met bepalingen waar je normaalgesproken de slappe lach van krijgt. Tot je beseft dat de inspectie controleert of je de malle regels wel naleeft. Dus moet je ook nog tijd besteden aan de administratie van die onzin. Mankeert er iets, dan volgt er een sanctie. In het geval van de ophokplicht is dat zelfs een boete. Als de leraar wiskunde een blindedarmontsteking krijgt, kun je van tevoren berekenen hoeveel geld je dat gaat kosten. Want een vervanger vind je nooit. Dus hok je de kinderen op. Je moet wel.

'Pascal wilde alleen maar rellen. Net als een heleboel anderen. Jammer dat hij niet wist waar het om ging,' schudt adjunct. 'Want dan was ik het volledig met hem eens.'

MIERENETERS

Wij hebben op school een pestprotocol. Iedere leerling onderschrijft dat. Pesten mag niet. Helpt dat? Welnee.

Ik treed als leerkracht op tegen pesten. Ik stuur de geplukte kip om een boodschap en stort al mijn overredingskracht op de rest van de klas. 'Hoe zou jij je voelen? Ik vind dit écht superlullig!' Helpt dat? Soms, voor een tijdje. Maar op de lange duur? Welnee.

Ik dreig vervolgens. Dan roep ik: 'Nou is het afgelopen. Ik moet het nog één keer merken, dan ben je de hele week van mij. Iedere vrije minuut.' Helpt dat? Ik zou me kunnen verbeelden van wel. Want het pesten gaat nu ondergronds. En de dreigementen nemen toe, zodat het slachtoffer niks meer durft te zeggen. Pestkoppen straffen is wel de slechtste maatregel die je kunt nemen. Want ze nemen vroeg of laat wraak.

Maar nu hebben we Pawel en Stacy en nog een paar vierdeklassers. Zij zijn onze gediplomeerde mediators. Een nieuwe groep derdeklassers krijgt binnenkort hun diploma. Ieder jaar krijgt een nieuwe groep een uitgebreide cursus waarin ze veel tijd moeten investeren. Mediators is een lastige benaming. Onze administratiemevrouw noemde ze al snel 'miereneters'. Dat doet de rest van de school nu ook. Helpen miereneters tegen pesten? Ja! Dat helpt!

Ik zit met Pawel en Stacy in de dokterskamer voor een interview. Want hun miereneterswerk speelt zich buiten ons gezichtsveld af. Ze pikken conflicten op in de wandelgang. Of ze krijgen een mailtje. En als een kind niet naar voren durft te komen, kunnen ze de miereneters zelfs anoniem schrijven, via de website. Zo gauw er maar iets is, gaan de miereneters aan de slag. Zo simpel is het. 'Nou ja, simpel,' zegt Pawel. 'Soms is het heel complex. Laatst was er een hoop gelazer met iets op msn en daar was een enorme groep bij betrokken. Voordat we die hele puzzel hadden ontrafeld, was er heel wat tijd voorbij.' Dat is vrije tijd, maar soms ook lestijd. Omdat er laatst wat gemor was ontstaan over gemiste lessen, hebben ze een bijeenkomst belegd voor alle leerkrachten. Daar hebben ze even haarfijn uitgelegd wat ze precies doen. De leerkrachten waren er stil van.

'We hebben pasgeleden ook een paar workshops gegeven op andere scholen,' vertelt Pawel. Stacy knikt. 'Echt leuk om te doen!'

De miereneters gaan met de brugklas mee op werkweek. 'Om een band op te bouwen,' vertelt Stacy. 'Want het is belangrijk dat ze je vertrouwen, natuurlijk.'

'Wij kiezen nooit partij en we nemen ze altijd serieus,' vertelt Pawel. Stacy: 'En we kijken of ze meteen samen willen praten. Anders praten we eerst een op een. Daarna samen.' Pawel weer: 'We vragen wat ze zelf een slimme manier vinden om het probleem het op te lossen.' En Stacy: 'En meestal werken we met twee miereneters. Meisjes praten makkelijker met meisjes en jongens met jongens. Daar houden we altijd rekening mee.' Pawel: 'Soms moet eerst alle woede eruit. Dan laten we ze even uitrazen. Maar uiteindelijk moet het stil worden. Dan maken we een afspraak dat we naar elkaar gaan luisteren.'

Ze vullen elkaar aan, glimlachen naar elkaar en verkondigen zulke wijsheden, dat ik hoopvol informeer: 'Doen jullie ook conflicten tussen leerlingen en leerkrachten?' Pawel heeft me meteen door. Hij glimlacht en schudt zijn hoofd. 'Nee, dat doen we niet. Dan is de kans op partijdigheid te groot.' En hij voegt er fijntjes aan toe: 'Met úw conflicten moet u naar de directeur.'

WC-PAPIER

Ik zie op televisie een item over comazuipen en denk meteen terug aan Gerry. Ik zie hem nog zitten, zo'n twintig jaar geleden, diep over zijn tafel gebogen.

'Jongen, ga eens rechtop zitten,' mopper ik. Ik mopper veel in deze klas. Het is een vierde klas metaal bewerken en dat zijn meestal hoekige types met scherpe randjes. Bovendien ben ik erg van de 'actieve leerhouding'. Je werkt gewoon beter als je rechtop zit. En Gerry's voorhoofd raakt bijna zijn bank.

'Ik heb een zware ketting om mijn nek,' zucht hij. Dan zie ik het pas. Hij heeft een soort juk om. 'Bierdoppen aan een stuk ijzerdraad. Allemaal van dit weekend,' legt hij uit. Om mij te plezieren legt hij tijdelijk zijn onderscheiding af. Maar zijn klasgenoten kijken vol bewondering naar die tastbare prestatie.

Comazuipen doe je niet met bier. Dat doe je met tequila. Of likeur. In ieder geval met een sterke drank. Het is helemaal in. Drinken tot je er letterlijk bij neervalt. Vorig jaar belandden gemiddeld ruim twintig kinderen per maand met een alcoholvergiftiging op de eerstehulp. Jonge kinderen van tussen de twaalf en zeventien jaar. Een kind van die leeftijd is nog in de groei en vernielt daardoor met zo'n actie ontzettend veel belangrijke hersencellen. Zelfs met een spelletje als 'bingedrinken', even snel vijf of zes glaasjes tequila wegtikken, veroorzaakt een jong kind al blijvende schade. En soms ga je er dood aan. Een zestienjarige Duitse jongen stierf na 52 tequila's. Waarschijnlijk waren zijn vriendjes bij glas nummer 51 nog vol bewondering.

In het item komen mensen aan het woord die waarschuwen tegen deze vreselijke ontwikkeling. Er is een filmpje van jonge kinderen die op een camping zitten te zuipen en de voice-over zegt ter commentaar: 'De gevolgen zijn duidelijk. Eerst had je nog uitzicht op een medicijnenstudie, maar uiteindelijk beland je op de kappersopleiding.'

'Hoor je dat?' vraag ik verontwaardigd aan echtgenoot. Hij hoort het. Hij knikt. Daar gaan we weer. Op het vmbo kom je als je nergens anders terechtkunt. Of als je je hersens hebt vernield door je regelmatig in een coma te zuipen.

Laten we duidelijk zijn: ik vind dat opvoeders in discussie moeten met jongeren over drankgebruik. Ik vind dat opvoeders het goede voorbeeld moeten geven. Ik vind dan ook dat opvoeders die gedogen dat hun kinderen 'indrinken' voor ze gaan stappen, voor de rest van hun leven alleen nog maar levertraan mogen drinken. Maar ik vind vooral dat journalisten die zulke stigmatiserende teksten schrijven, dat alleen maar mogen doen op wc-papier. Dat kunnen ze dan bij mij inleveren. Dan ga ik daarmee doen waar dat papier voor bestemd is.

Collega Andries schreef me: 'Toen Hans van Wieren in Den Haag werd gedood door een leerling, hielden wij twee minuten stilte. Na de stilte ontstond een discussie en mijn vierdeklassers vroegen: "Meneer, zijn wij echt het afvoerputje van de maatschappij?" Die benaming hadden ze opgevangen op televisie.' Andries heeft ze zo toegesproken, dat hij met terugwerkende kracht kan genieten van hun glimmende koppen. En we zijn het eens. We werken met jonge inspirerende mensen. Heerlijk volk, lastig ook, schreef Andries. Maar zo de moeite waard. Ze worden kapper, verwarmingsmonteur, bakker en timmerman. Nee, oké, de kans dat ze dokter worden is niet groot. Maar als mijn wc verstopt zit door al dat beschreven pleepapier, dan bel ik dus met Gerry. Die heeft een eigen loodgietersbedrijf.

KERSTMARKT

'Dus wie wil wat doen voor de kerstmarkt? Denk er alvast goed over na. Als je hapjes wilt verkopen, moeten we ruim tevoren weten wat je wilt inkopen.' Ik heb net het goede doel geïntroduceerd waarvoor we dit jaar onze grote kerstmarkt op poten gaan zetten en mijn mentorgroep hangt ongeïnteresseerd in hun bank. Goede doelen promoten in de bovenbouw is een ondankbare taak. Vooral omdat die kerstmarkt buiten schooltijd valt. Op zaterdag. En dan hebben pubers wel iets anders te doen dan geld inzamelen voor een ander.

Kinderen en oorlog, hebben we bedacht. War Child. Dat moet wel aanspreken. En dat doet het ook. De onderbouw loopt met grote plannen rond. Een rommelmarkt, een wijnproeverij, tweedehandskleding, een zelfgemaakt spookhuis en een rad van fortuin, het kan niet op. Maar de bovenbouw? Vergeet het maar. 'Doe effe normaal,' zeggen ze zelf. Terwijl ik zo'n prachtig betoog heb gehouden dat hier en daar een meisje bijna tranen in haar ogen kreeg. Vrouwen zijn ook in de puberteit al vrij redelijke mensen. Maar jongens...

'Die koters lopen zelf te schieten. En met stenen te gooien,' weet Sjonnie ineens glashelder. Sjon kan het weten. Hij doet niet anders dan televisiekijken en soms komt er per ongeluk een stukje journaal langs. Klasgenoten om hem heen knikken instemmend.

'Nou moet jij eens even goed naar me luisteren, jongen,' begin ik op een toon dat iedereen weet: daar komt een preek. En die komt. Lang. Grappig van tijd tot tijd, want met humor hou je de luisteraars vast. Maar ook scherp en confronterend. Kortom, een ontmoediging om nu deze mentor nog te willen tegenspreken.

Sjonnie is niet onder de indruk.

'Mijn vader zegt dat we ons niet met die mensen moeten bemoeien. Net als dat gedoe in Afghanistan. En in Irak. Die kinderen gaan straks ook gewoon knokken. Ze willen niet anders.' Hij krijgt bijval.

'Fout! Ze wéten niet anders,' zeg ik. 'Wat is jouw voetbalclub?' Hij grijnst. Stomme vraag.

'Ajax natuurlijk.'

'Waarom?'

'Nou gewoon. De beste. Vindt iedereen.'

'Wie is iedereen?'

'Wij. Wij allemaal in de klas. Mijn familie. Mijn vader. Mijn opa. Iedereen!'

'En als je opa en je vader, je hele familie en je klasgenoten nu eens uit Rotterdam zouden komen?'

'Ja shit. Ik moet er niet aan denken. Dan waren we voor dinges. Dat krijg ik mijn strot niet uit.' Sjon zucht theatraal en heft zijn armen in de lucht. Iedereen lacht.

'Nu ben je geboren in Palestina. Wie is dan je vijand?' vervolg ik.

'De Joden.'

'Je hebt een steen in je hand. Waar gooi je die dan naar?'

'Naar een Jood.'

'Van wie heb je dat?'

'Oké. Ik snap het al. Van mijn vader. En mijn opa en zo.'

'Juist. Zo werkt dat. Kun je dat een kind verwijten? Nee toch? Of verwijt ik jou dat je fan bent van Ajax?'

'Oké dan. We bakken wel koekies. Kunnen ze met die koters

liedjes zingen. Is het dan goed?' Hij kijkt me trouwhartig aan. Ik lees erin dat het ook dit jaar weer niks wordt met klas 3B en de kerstmarkt. Tegen beter weten in zeg ik: 'Alleen als je vader ook een paar zakken koopt.'

'Tuurlijk,' belooft Sjonnie gul.

JONGENS! NEEM DAT WARCHILD NOU NIET ZO LETTERLIJK!

WILHELMUS

Sjonge, wat ben ik moe. Ik sleep me voort. De dagen beginnen ineens zo vroeg. En ze duren lang. Veel langer dan normaal. Buiten vliegen de duiven van de kinderboerderij hun rondjes. Ik ruik naar krijt. En klas 2A staat voor de deur. Invalklasje.

'Wij hebben natuurkunde,' meldt de klassenoudste.

'We doen iets anders. Iets leuks,' meld ik. Want ik heb een succesformule. Ik leer ze het acrostichon. Dat is nog eens nuttige kennis. Een acrostichon is een naamdicht. Onderwijl deel ik blaadjes uit. Wat op het bord komt, komt ook op je blaadje. Ik been rond en deel. Oké, acrostichon. Mooi woord, hè? Zeg me maar na. A-cros-ti-chon! Juist. Ik hoor het al, jullie worden er nu al vrolijk van. En terecht. Het mooiste voorbeeld van het acrostichon is het Wilhelmus. Als je de beginletters van de coupletten op een rijtje zet, krijg je: WILLEM VAN NASSOV. Zo weet je altijd hoeveel coupletten het heeft en welk couplet begint met 'Mijn schild ende betrouwen'. En dat eerste couplet kent iedereen natuurlijk wel. Nietwaar? Ze kijken me glazig aan. Het Wilhelmus? Dat kent toch iedereen? Nee? Oké, schrijf mee. Ik kalk het eerste couplet op het bord en leg onderwijl uit wat dat Duitse bloed en die Spaanse koning met Willem van doen hadden. Het begint aardig te lijken op een inburgeringscursus voor gevorderden. En de wijs? Nou, kom op! Die kennen julllie toch wel? Oké, dan zing ik het. En als je het herkent, dan galm je maar lekker mee. Ik haal diep adem en ga er eens goed voor staan.

'Wil-hel-mus va-han Na-ha-sou-we, ben ik van Dui-huitsen bloed...' Chips, ik heb te hoog ingezet. Na-ha-sou-we komt er zo akelig geknepen uit dat ik hier en daar een oprechte schrikreactie meen te bespeuren. Ik maak met mijn hand een beweging van 'zingen we niet mee?' Nee. We zingen niet mee. Zing jij maar alleen. Ze kijken zwijgend en kritisch toe.

'Den Va-der-la-hand ge-he-trou-we blijf ik tot i-hin den doet...' Ik zing het ook veel te langzaam. Als ik in dit tempo doorsukkel, rinkelt de bel straks dwars door onze nationale hymne heen. En ik zie het wel. Ze moeten een beetje lachen. Eigenlijk moeten ze ontzettend lachen. Maar ze houden dapper stand.

'De-hen prin-cen van O-ran-je ben ik vrij on-ver-veerd...' Achterin zit een jochie met stekeltjes. Hij heeft zijn handen voor zijn gezicht. Die barst straks los. Dat kan nooit meer lang duren. Zal ik versnellen? Het zweet breekt me uit.

'Den ko-ho-ho-ho-ning van His-pan-je heb ik al-tijd geeerd...' Hèhè. Het is klaar. 'Ik zal nog eens wat voor jullie zingen,' brom ik beledigd. Dat is te veel voor het stekelhoofdje. Hij knalt los.

'Nou, ik ben blij dat het in ieder geval leuk was. En dat niemand erom moest huilen,' besluit ik. 'Hoe heet jij?'

'Denny,' snikt het kind. Hij veegt de lachtranen uit zijn ogen.

Ik schrijf zijn naam verticaal op het bord en improviseer:

'Denny heeft humor
En is muzikaal
Nou, dat Wilhelmus is echt
Niet normaal!
Yo. Yo. Yo.'

Dat vinden ze prachtig. Iedereen gaat aan de slag met zijn eigen acrostichon, ik fungeer als rijmwoordenboek en kijk naar buiten. De duiven zijn verdwenen. De bel gaat. Klas 2A vertrekt en klas 4DT schuift naar binnen.

Een halfuurtje later komt buuf Engels binnen. Ze zet een mok koffie op mijn bureau.

'Dat had ik echt nodig,' fluister ik dankbaar. Ze knikt en zegt: 'Ik hoorde het van Denny. Hij had nog nooit iemand zó vals horen zingen.'

BOLLETJES

Ik ben er weer. Helemaal kwiek. Dankzij de buurvrouw. Die zit ook al jaren in het onderwijs en herkent mijn slepende voetstap door haar eigen jarenlange onderwijservaring. Ze nodigt me uit voor een kop koffie en een goed gesprek. Dat gaat over touch for health en over reiki en na een uur ga ik naar huis met een blaadje vol oefeningen. De volgende dag begroet ik mijn vierde klas toerisme zo ongeremd opgewekt, dat Danny vol afgrijzen informeert: 'Wat hébt u vandaag?'

'Een methode. Ik heb een methode. Van de buurvrouw,' juich ik. 'Daarmee kun je boodschappen in je hoofd prenten. En dat heb ik vandaag gedaan. Ik heb mezelf ingeprent dat jullie heel lieve kinderen zijn. Allemaal! Jij ook! En dat geloof ik nu. Goed hè?' Desiree kijkt me vol walging aan. Ze studeert al jaren op die blik en ze is er steengoed in. Dus ik knik haar toe en zeg: 'En jou vind ik ook zo lief!' Daar moet Zakaria erg om lachen, tot hij van Desiree een flinke dreun tegen zijn rug krijgt.

'Je kunt je dus alles inprenten. Ook dat je een voldoende gaat halen voor een tentamen. Dat je niet meer zenuwachtig bent. En dat werkt echt!' Kijk, dat is misschien wel handig. Dahab kijkt geïnteresseerd. 'Dus dan heb je geen last meer van faalangst?' Ik knik vol overtuiging, Danny kijkt eens rond om de stemming te peilen en knikt me dan toe. 'Leg maar uit.' Oké. Ik ga van start. Ze moeten met hun vingers de bolletjes op hun voorhoofd opzoeken. Nee, niet straks. Nu! Achtenveertig vingertoppen voelen aan vierentwintig voorhoofden. 'Die bolletjes waar vroeger je hoorntjes zaten, voel je? Die hoorntjes uit de tijd dat je nog een duiveltje was. Nee, die zijn nu weg. Nu ben je een engeltje. Maar in aanleg zijn ze nog aanwezig. Heb je ze?' Ze grinniken, kijken gegeneerd om zich heen, maar ze hebben de bolletjes te pakken. 'Zet je duim en je ringvinger tegen elkaar aan, zet die combinatie op de bolletjes, mooi! En nu gaan we een zin inprenten. Vanmiddag topografie? Oké. Zeg maar met me mee: "Ik ga vanmiddag een fantastisch cijfer halen voor topo. Ik ga..." En nu draaien we eerst de ogen rechtsom. Ja, toe maar. En de zin blijven herhalen. Hardop. Dat is het beste. Oké, en nu linksom draaien. En blijf herhalen! Ik ga vanmiddag een goed cijfer halen voor topo. Goed zo!'

Valentina en Stephanie doen niet mee. Ze zitten onbeweeglijk naast elkaar en hebben niet eens een poging gedaan om de bolletjes op hun voorhoofd op te zoeken. 'Wij vinden het onzin,' zegt Stephanie afgemeten.

'Stom hoor,' vindt Danny. 'Stel je voor dat het wel werkt.' Dat vind ik ook.

'Moet je kijken hoe het bij mij werkt. Ik vind jullie evengoed aardig,' zeg ik tegen het tweetal. En we gaan over tot de orde van de dag. Samenvatten. Voor de laatste keer flink oefenen en morgen toetsen. Het gaat goed. Heel goed. Ze werken hard en zien tot hun verbazing dat ze na twee weken vrijwel foutloos samenvatten.

De volgende dag deel ik de opdrachten uit. En dan zie ik ze ineens zitten. Valentina en Stephanie. Verstopt achter hun opengeslagen boek. Ze drukken zwijgend met duim en ringvinger op hun voorhoofd en rollen fanatiek met hun ogen. Ik leg hun opdracht op de bank en fluister: 'Het werkt echt. En het werkt heel lang. Want ik vind jullie nu nog leuker!'

GEWOON

'Maar hoe begin ik dan,' vraagt mijn stagiair angstig. Ze gaat lesgeven. Een hele les, een uur lang. Nou ja, vijftig hele minuten.

'Je begint met de absenten,' leg ik uit. Dat heeft ze mij al een paar keer zien doen. Ik raffel dat af, want ik heb in één oogopslag al gezien wie er zijn en wie ik mis. Bij de namen van kinderen die me niet meteen zijn opgevallen, kijk ik de klas in. Zo gebeurd. Als je al een paar jaar meedraait, tenminste. De stagiair vecht tegen een acute aanval van misselijkheid en piept: 'Ik bedoel, hoe krijg ik ze stil?'

Eigenlijk is die vraag de basisvraag voor het hele onderwijs. Filosofen zoeken de zin van het leven, godsdienst zoekt de zin na het leven en onderwijs heeft pas zin als er geen leven meer is. Rust is de basis. Maar hoe krijg je ze stil. Goede vraag. Ik onderdruk de neiging om te antwoorden: 'Nou, gewoon.' Want daar help je een stagiair niet mee. Nu heb ik in al die jaren drie methoden ontwikkeld die werken. En ik heb er heel wat meer uitgeprobeerd, geloof me. In gedachten zet ik ze op een rijtje.

Methode I. De klap. Die is gebaseerd op het schrikeffect. Ik fluister tegen de kinderen die vooraan zitten: 'Niet schrikken. Het moet even.' Dan geef ik met mijn vlakke hand een enorme lel op mijn bureau. Ik heb geleerd dat ik eerst het bureaublad goed moet inspecteren, want ooit sloeg ik keihard op een puntenslijper. Voor mijn tekst na die klap schaam ik me nog steeds en de klas kreeg zo de slappe lach dat het me niet meer is gelukt les te geven. Ik ben maar chocolademelk gaan halen. Maar de methode werkt redelijk, mits gedoseerd uitgevoerd. Je moet natuurlijk niet ieder uur gaan staan rammen. Dat leidt nergens toe.

Methode 2. De vinger. Ik steek mijn vinger op en blijf net zo lang staan tot iedereen stil is. Werkt alleen bij aardige klassen. Daar zegt iemand: 'Jongens, ze wil beginnen.' Die bedank je hartelijk en je gaat meteen aan de slag. Niet preken dat het wel lang geduurd heeft, want dan wordt het binnen een paar tellen weer rumoerig. Want dan denken ze: zijn we eindelijk stil, gaat dat mens weer mopperen. Het is verdorie ook nooit goed!

Methode 3. Het trucje. Ik schrijf een tekst op het bord in spiegelschrift. Gewoon, aan elkaar, in klassiek bordschrift. Vloeiend en wel en vrijwel net zo snel als in gewoon schrift. Dat trekt meteen alle aandacht. 'Wat staat daar nou?' vraagt er eentje. Sommigen gaan op hun kop staan om het ondersteboven te lezen, anderen pakken er een spiegeltje bij. Ik schrijf bijvoorbeeld: 'Het lijkt me leuk om nu eindelijk eens te beginnen. Pak je boek en sla open op bladzijde 154!' Het werkt super en ik heb het mezelf geleerd door een malle tic. Ik schrijf altijd woordjes met de nagel van mijn duim op mijn wijsvinger. Van links naar rechts, daarna in spiegelschrift en soms zelfs allebei tegelijk. Eigenaardig, dat wel. Maar ik doe er niemand kwaad mee. En het resultaat mag er zijn!

Ik kijk eens kritisch naar mijn zuchtende stagiair. Die beheerst geen spiegelschrift, durft vast geen knal op het bureau te geven en voor de opgestoken vinger zijn de klassen niet aardig genoeg. Met mijn drie methoden help ik haar niet echt. Maar ik doe wat ik kan. Ik knik haar bemoedigend toe en zeg: 'Ach, weet je, je begint gewoon.'

Doof

'Mevrouw, het is bijna tijd!' Ik schrik op. Nu al? Hier en daar kijkt een kind verbaasd op. Ik roep: 'Oké, jongens! De tijd vliegt als je het naar je zin hebt! Inpakken en wegwezen als de bel gaat.' Ik krabbel in mijn agenda waar we gebleven zijn en kijk rond. Iedereen heeft zijn tas al ingepakt. Mooi. Ik heb er een hekel aan als de wisseling van de klassen rommelig verloopt en wind me altijd vreselijk op als de volgende klas al binnenstroomt terwijl het restant van de vorige nog opruimt. Maar dit verloopt vast vlot, verheug ik me. Tot Peter vooroverbuigt en me verontwaardigd toefluistert: 'We hebben nog tien minuten, hoor. U hebt ze veel te vroeg laten opruimen.' Ik kijk op mijn horloge. Hij heeft gelijk. Snotver.

'Zeg dat dan meteen, ja,' zeg ik narrig. Hij klakt met zijn tong. Sjonge, wie heeft hier nu eigenlijk de leiding? Hij toch niet? Hij legt zijn hoofd op zijn tas en doet zijn ogen dicht. Tien minuten. Tien minuten is heel lang met een klas die niks doet. Een klas die niks doet, gaat lawaai maken. En wat voor recht heb ik? Ze moesten toch zeker van mij hun tas inpakken! Ik zie nu ook wie heeft geroepen dat het al tijd was. Alexander kijkt me aan. Grijnzend.

'Leuk hoor,' zeg ik zonder geluid. Hij grijnst nog iets breder en zegt vals: 'Het is nog veel te vroeg, mevrouw! Waarom moesten we eigenlijk al opruimen?'

'Iemand riep dat het al tijd was,' antwoord ik.

'Ja, dat is het dus nog lang niet.'

'Nee. Dat zie ik nu ook.' Dan komt de onvermijdelijke vraag. Met duidelijke argumentatie: 'Mogen we alvast weg? We doen nu toch niks meer.' Er valt een stilte. Ik zucht. Want ze mogen niet weg. Ze veroorzaken een bende op de gang en in de toiletten, overlast in de kantine en onrust in klassen die een leerkracht hebben die zelf op de klok kijkt en die dus nog gewoon aan het werk zijn. Er zijn inmiddels drie hele minuten verstreken. Als ik probeer ze weer aan het werk te krijgen, ben ik de komende zeven minuten druk bezig ze zover te krijgen dat ze hun boek pakken. Dat kost me drie grijze haren en levert totaal geen rendement. Dus ik zeg: 'Oké, wie weet er een mop?' Uiteraard weet Alexander een mop. Hij heeft er een krijtje bij nodig. Hij begint een lijntje op het bord te zetten en zegt: 'Hier loopt een oud mannetje. Als-ie moet stoppen met lopen, roepen jullie ho! Oké?' Ja, die snappen we. Hij krabbelt een bibberig traag lijntje, we laten hem het halve bord over scharrelen en roepen dan: 'Ho!' Alexander stopt. Begint een nieuw lijntje met de mededeling: 'Nu ben ik een blinde. Jullie roepen weer. Oké?' Oké. Hij krabbelt een lijntje en maakt onderwijl met zijn nagel het geluid van een blindenstok. 'Ho!' brult de klas. Alexander stopt, zet zijn krijtje weer op het bord en meldt: 'Nu ben ik een dove. Zelfde recept.' Hij loopt met zijn krijtlijn het bord over. Iemand roept 'Ho!' Hij krabbelt door. 'Ho! Ho!' Hij verlaat het bord, rent door de klas, onderwijl een krijtlijn kalkend op het linoleum. 'Ho! Ho! Shit! Hij is doof!' Ze gillen hem na. Ik neem een sprint naar de deur. Te laat. Alexander is weg. Met mijn krijtje. Goeie mop. De klas brult. Daar mag ik van genieten tot de bel mij verlost. Nog drie hele minuten.

CIRCUS

Het is een tobberig lesuur. We ploeteren door lesjes 'veelgemaakte fouten' en mijn leerlingen zijn totaal de kluts kwijt. Kennen, kunnen, liggen, leggen, iedereen is inmiddels totaal van slag. Haal de fout uit de volgende zin: 'Een enorm grote groep dolgedraaide supporters proberen de hekken rond het stadion te slopen.' Wat zeg ik? Probeert? Ja, kom nou! Dat is toch echt meervoud, mevrouw! Tot overmaat van ramp krijgen ze een advertentie te zien met de formulering: 'verkeerd in zeer goede staat.' Zoek de fout. Ik leg uit. 'Het is: verkeert in goede staat.' Mijn leerlingen kijken me nu vol onvervalste achterdocht aan. Ik heb al veel vreemde taalfeiten beweerd, maar dit is echt flauwekul. Dat weten ze zeker. En ze worden nu werkelijk opstandig, want ze hebben bewijzen. 'Kijk maar op de website Marktplaats.nl!' roept Jonnie. Ik weet het. Als je op internet zoekt naar 'verkeerd nog in prima staat', krijg je meer hits dan op 'verkeert nog' et cetera. De meeste mensen schrijven: verkeerd. Verkeerd dus. Er breekt een ware revolutie uit in het lokaal. Ik moet maar eens ophouden met mijn flauwekul. 'Hun hebben het vast niet allemaal fout. Dat ken toch zeker niet?' roept Jonnie, die ooit makkelijk had kunnen solliciteren naar de rol van Ciske de Rat en anders dan Danny de Munk nooit logopedie heeft gevolgd.

'Zij hebben het allemaal fout. Dat kan heel goed. Geloof mij maar,' verzeker ik ze. En ik heb natuurlijk het antwoordenboek, een paar diploma's, jaren studie en een beetje goodwill aan mijn kant, dus ze leggen zich maar neer bij de eigenaardigheden van dat wonderlijke Nederlands dat zo ver afstaat van hun spreektaal. Maar leren zullen ze het nooit.

Het tobberige uurtje wordt een tobberig dagje. Want even daarna krijg ik de nieuw ontworpen dinerbon van mijn school onder ogen. Mooi gedrukt op stevig wit glanzend papier. Leuk ontwerpje ook. Fraai gouden randje er omheen en in gouden letters: dinerbon. De tekst vermeldt: 'Met deze dinerbon kunt u komen genieten van een heerlijk diner verzorgt door de leerlingen van onze school. Deze dinerbon vertegenwoordigd een bedrag van € 11,50 en wordt u aangeboden door...' Op de stippellijntjes kun je zelf iets invullen. Ik word er stil van. Twee van zulke fouten op zo'n klein stukje tekst. Tekst van een collega, vrees ik.

Tobberig uurtje, tobberig dagje, als ik niet uitkijk wordt het een tobberig leven. Een leven waarin ik de enige ben die zich nog druk maakt over spelling. De enige die zich enorm ergert, als die fantastische menukaart van dat bijzondere restaurant op de eerste pagina al twee spelfouten vertoont. De enige die een folder niet kan lezen vanwege het ontbreken van interpunctie en al die rare fouten. De enige die niet kan bieden op die tweedehands box, alleen maar vanwege het feit dat de verkoper schrijft: 'makkelik opfaubaar wel afdrukken van tantjes in de rand'.

Dus ik gooi om me op te peppen al mijn energie in een lesje 'moeilijke woorden'. We behandelen vandaag het rijtje: jongleur, piste, spreekstalmeester, dompteur, cascadeur, clown, equilibrist, acrobatiek en antipodist. Mooi! Bij ieder stukje circus weet iemand wel een act op te voeren en onze wangen gloeien. Tot slot mogen ze zinnen maken, zodat ik kan zien wat er is blijven hangen. Bij 'piste' blijft Jonnie al steken. Hij kauwt op zijn pen. Maar dan krijgt hij de geest. Hij schrijft: 'Na de voorstelling piste mijn vader achter de circustent.' Daar kan ik natuurlijk diep over gaan tobben. Maar vandaag reken ik dat gewoon goed.

MOE

'Krijg ik deze week nog het vakwerkplan? En de leerinhouden?' Baas zegt het achteloos. Alsof ik volledig op de hoogte ben van deze opdracht. Ik zeg: 'Ja, ja. Tuurlijk!' Terwijl ik naar mijn lokaal loop, draait mijn hoofd op topsnelheid. Wat moet ik nu weer allemaal? Sinds wanneer? En wat bedoelt hij? En waarom ben ik zo laf om al die vragen niet meteen tegen hem te roepen? Sjonge, de laatste jaren doe ik dat toch een stuk beter. Dit is gedrag van vroeger. Vroeger, toen ik dacht dat ik de hele wereld te vriend moest houden en dat iedereen mij aardig moest vinden. Daar ben ik toch allang overheen? Of niet? Nee. Niet dus. Ik ben ook zo moe.

Buurvrouw Engels staat in haar deuropening. Ik stort me meteen boven op haar en jammer: 'Buuf! Wat is dat met dat vakwerkplan? En met die leerinhouden?'

'Heb je dat nog niet gedaan?' vraagt buuf verbaasd. 'Het vakwerkplan moet je aanpassen en die leerinhouden moet je per leerjaar, per niveau en per rapportperiode omschrijven. Dat is alles.'

'Dat is alles? Dat is veel! Waarom weet ik dat niet?'

'Omdat je zat te pitten bij de laatste vergadering,' grijnst buuf. Tuttuttut. Buuf heeft een keertje opgelet. En dan maar meteen grapjes maken over mij.

'Stond dat ook in de notulen dan?' probeer ik nog.

'Dat waren die notulen die je meteen weggooide. Weet je

nog? Je stond bij je postvak, je zuchtte nog dat je helemaal geen zin had in al die ingewikkelde troep en toen klapte je alles meteen in het ronde archief. We hebben gegierd!' Buuf lacht al weer bij de herinnering. Ja, dat was een goeie grap. Maar nu zit ik mooi voor het blok met mijn dwarse gedrag. En ik ben al zo moe.

'Mevrouw Van den Berg? Ik ben eruit gestuurd bij serveerleraar, want ik heb geen zwarte schoenen.' Cindy staat voor me op zilveren gympen. Ze heeft tranen in haar ogen. 'Nu heb ik een 1. En het telt mee voor mijn examen.'

'Ga maar even in mijn lokaal zitten. Ik kom zo met je praten.' Cindy gaat af. Ik vraag aan buuf: 'Heb jij die leerinhouden al? Hoe heb je dat gedaan?' Buuf vertelt. Ik luister. Allemachtig, wat een werk. En ik moet proefwerken nakijken. En cijfers uitrekenen. En weet ik wat nog meer. Eerst maar eens een gesprekje met Cindy. Adjunct wandelt langs en merkt op: 'Volgens mijn gegevens heb jij dienst in de kantine. Vergeet je het niet?' Ja, straal. Maar nu weet ik het weer. Cindy wandelt mee voor het gemak. Dan neem ik meteen een broodje gezond. Als troost.

'Die zijn op,' zegt Michael vanachter de balie. 'Er is alleen nog ham. O, lust u geen ham? Nee, de kaas is ook op. Ja, sorry. En koffie is er ook niet meer.' Geen koffie meer? En ik ben zo moe.

Die avond roep ik het vakwerkplan op in mijn computer. Het jaartal van de kaft verander ik in 2008. Ik druk op 'print'. Daar maak ik morgen een keurig plastic ringbandje in en klaar is Van den Berg. Ik maak een beginnetje met de leerinhouden. En ik typ een kort en zakelijk briefje. 'Hierbij deel ik u mee dat ik met ingang van 1 juli aanstaande mijn dienstverband aan uw school wens te beëindigen.' Ik print de brief uit, zet een handtekening, vouw het papier heel zorgvuldig op en stop het in een envelop. Ziezo. Maar ik ben nog steeds moe.

IDEALE SCHOOL

De parlementaire onderwijscommissie is druk bezig. Ouders, leerlingen, leraren, directeuren en bewindspersonen mogen vertellen wat ze vinden van het onderwijs. De eerste de beste dag was er al een conclusie: de basisvorming is een mislukking. Wat iedereen al vijftien jaar weet, is nu doorgedrongen tot de beleidsmakers: niet alle kinderen zijn hetzelfde. Neem nu deze drie kinderen. Allemaal volgens de Cito-toets geschikt voor vmbo-kader:

Mo kan fantastisch timmeren, zijn vader heeft een aannemersbedrijfje. Engels en Duits? Daar kan-ie niks mee. Riccardo's vader is vakbondsman en 's avonds bij het avondeten hebben ze altijd een pittig debat over een politiek item. Op school voert hij geen klap uit. Gerrie vindt meestal geld op het aanrecht als hij thuiskomt. Soms met een briefje erbij: 'Haal maar een pizza.' Dan is Gerries moeder kantoren aan het schoonmaken. Alle kinderen gelijk? Kom nou.

Wat wil ik als onderwijsgevende voor deze kinderen? Ik wil dat Mo vanaf de brugklas lekker met zijn handen aan de slag kan. Uiteindelijk volgt hij de lessen houtbewerking op het hoogste niveau. Ook de vakgerichte theorievakken moet hij op het hoogste niveau kunnen afronden, evenals wiskunde. De talen, daar moet hij een vangnet voor krijgen op een lager niveau. Want daar mag hij niet op zakken voor zijn examen. Als je Mo stimuleert om te presteren, gaat hij met sprongen vooruit. Maar als hij tot de derde klas moet wachten voordat hij voornamelijk praktijklessen krijgt, wordt Mo geen gezellige leerling.

Voor Gerrie wil ik dat er opvang is na school. Huiswerkbegeleiding en de gelegenheid tot een gesprek. Want dat mist hij thuis enorm en daar kan zijn moeder natuurlijk niks aan doen. Ik wil ook graag kranten in de kantine, zodat iedereen kan lezen wat er die dag in de wereld is gebeurd. Ik wil de televisie in de kantine op een nieuwskanaal en niet op MTV of wat voor muziekzender dan ook.

Riccardo moet dit jaar maar blijven zitten. Hij gooit er met de pet naar en kan veel en veel beter. Hij heeft een extra prikkel nodig. Omdat hij goed op de hoogte is van politiek, mag hij de schoolverkiezingen organiseren. Zijn maatschappijleer heeft hij toch al ruim voldoende afgerond. Maar voor de rest van de vakken kan hij hard aan het werk.

Kinderen moeten op mijn ideale school de mogelijkheid krijgen om les te volgen op twee niveaus. Ze moeten terechtkomen in een leerrijke omgeving, vol informatie. Het aanbod in de kantine is verantwoord, gezond en vers. Automaten met frisdranksuikerbommen zijn verboden. Er is een rookverbod op het schoolterrein. In een cirkel van vijf kilometer zijn coffeeshops verboden. Op school kun je onder begeleiding je huiswerk maken in een rustige omgeving. De lessen zijn voornamelijk klassikaal en worden gegeven door vakdocenten. We herstellen het individueel onderwijs, waar we kinderen die daarin beter tot hun recht komen, op maat kunnen opvangen. Vakkenpakketten hebben een vaste basis, maar voldoende vrije marge voor veel praktijklessen. Profielen schaffen we af. Ik weet zelf nog steeds niet wat ik worden wil. En bovenal: een kind dat wel kan, maar niet presteert, blijft een jaartje zitten. Desnoods in de eerste, de tweede én de derde klas. Dit is het laatste jaar dat we een diploma uitreiken aan een leerling die triomfantelijk meedeelt: 'Ik heb nog nooit voor een proefwerk hoeven leren!' Zittenblijven. Daardoor zal het niveau van onze leerlingen enorm stijgen. Wedden?

Met dank aan Issam, George, Ashley, Pearl, Katie, Delano, Quin, Remco, Thomas, Jousef, Mandy, Mitch, Aukje, Stephan, Leon, Yoeri, Rosanna, Nikita, Bobby, Danny, Jessie, Oleta, Johnny, Stevie, Xander, Yasma, Bob, Herman, Aron, Peter, Sander, Bert, Jeffrey, Noëlla, Julian, Kelly, Rodney, Lisa, Frank, Mabel, Jos, Cynthia, Carolla, Patrick, Mahmoud, László, Niels, Germaine, Ali, Nicky, Habiba, Yvanka, Rab, Rowan, Dylan, Wilar, Igor, Andy, Erwin, Alwin, Imen, Simge, Dahab, Yasmine, Lesley, Sylvia, Joyce, Bo, Mandy, Danny, Sabrina, Marcella, Valentine, Stephanie, Zakaria, Manisha, Andrea, Desiree, Mariska, Jordy, Erica, Dimas, Sonny, Kim, Kayleigh, Sumi, Anna, Jessica, Tania, Stacey, Pavel, Bianca, Rick, Brigitte, Queeny, Shady, Barry, Doke, Teun, Eunice en alle andere malle, lieve, leuke, bijzondere kinderen die ik tegenkwam.